SV

Albert Ostermaier

Tatar Titus

Stücke

Mit einem Vorwort
von Klaus Völker

Suhrkamp Verlag

Erste Auflage 1998

Satz und Druck: AZ Druck, Kempten
Printed in Germany

Tatar Titus

VORWORT

Albert Ostermaier, 1967 in München geboren, zählt zu den eher raren jungen Autoren, die mit bewundernswerter Abenteuerlust die Widersprüche, Energien und Blockaden, den Lärm und die Stille der Gegenwart mit Hirn und Nerven zu erfassen und zu reflektieren in der Lage sind. Er hat die Stromstöße der aktuellen Pop- und Musikszene erhalten, sie aber auch ausgehalten, und er ist gleichzeitig auch in andere Erlebniszonen vorgestoßen. Er weiß um den Sound der Rockstars, kennt aber auch die Pisaner Gesänge des Ezra Pound, er zwingt Bob Dylan und Thomas Bernhard unter einen Hut, ohne deren Nachzehrer oder Vergötterer zu sein. Er paraphrasiert nicht, sondern gewinnt Klarsicht und neue poetische Erkenntnis, wie sie unverblümter nicht zum Ausdruck gebracht werden kann:

»Am Ziel

wozu das ganze theater ich mach
mir was vor & das macht mir keiner
nach & nach schließen sich die
augen der vorhang fällt & das ist
es dann gewesen ist nichts die not
beleuchtung glüht vielleicht noch
ein wenig nach das herz aber reißt
ihm nicht die markierungen von
den brettern wenn es abgespielt
ist & ihr es der requisite spendet
sonst ist am ende alles gut & natur
gemäß tödlich«

Über Ernst Toller, den Albert Ostermaier insoweit als einen für ihn vorbildhaften Dichter ansieht, als er über eine auf Wirkung bedachte Sprache der Gegenwart verfügt hat, schrieb der Romancier Bodo Uhse: »Alles ist Aufschrei, Bekenntnis, Deklamation. Zeit zur Reife war nicht gegeben. Toller ist zu sehr Lyriker, um sich den Gesetzen der Dramatik zu unterwerfen. Als Lyriker wieder ist er zu achtlos mit dem Wort. Um neue Formen zu prägen, fehlt es dem Rebellen an Strenge. Hastig notiert die Feder, was das überquellende Herz bedrängt.« Nur der Vorwurf der fehlenden formalen Strenge ist sicher richtig. Ich glaube aber nicht, daß das »Zuviel« an subjektiver Herzensnot, an vollem Herzen und lyrischer Energie die Tollersche Dramatik so schnell altern ließ; es ist eher das rein rhetorische Pathos, die mangelnde sprachliche Verdichtung, das vordergründig Ekstatische und Gesteilte, der Hang zur szenischen Pointe. Die Räume, zu denen die Tollerschen Sprachformen passen, sind Kabarettdielen, Tingeltangel oder sakrale Hallen. Eine theatergemäße szenische Technik fehlt; kaum beachtet ist, was es für die Sprache bedeutet, wenn ein Satz auf der Szene zu verkörpern ist, wenn die Sprache in einen Körper gelangt.

Im szenischen Denken hat Albert Ostermaier, dessen vor allem lyrisch geprägte Sprache durchaus auch mit Tollerschen Energien und entsprechender Herzenswärme aufgeladen ist, doch die Verfahrensweisen Brechts, Heiner Müllers und Thomas Bernhards eingehend studiert und sich zunutze gemacht. Wer aber behauptet, Ostermaiers Texte fürs Theater seien keine Stücke, sondern Lyrik, allenfalls lyrische Monologe, der hat einen allzu engen und ganz konventionellen Begriff vom Drama. Selbstverständlich kann man Ostermaiers »Tollertopographie« nicht wie den »Floh im Ohr«, nicht wie »Die Ratten« von Gerhart Hauptmann oder »Zimmerschlacht« von Martin Walser aufführen. Das Stück auf einen üblichen Hotelzimmer-Raum einzurichten würde die Sprache eher in konkrete Bilder und in hohle Pathetik verfälschen; fruchtbarer wäre es, die im Kopf des Autors schon konzipierte Bühne ins Bild zu rücken, ihr soweit eine Form zu geben, daß die Sprache konkret werden kann. Als Piscator Jaroslav Hašeks Roman »Der brave Soldat Schweyk« auf die Bühne bringen wollte, engagierte er einen Apologeten des Romans, Bertolt Brecht, als Dramaturgen. Dem gelang es, die sehr geschickte und pointierte Bühnenbearbeitung von Max Brod und Hans Reimann (durchaus sprachgewandte Literatur- und Theaterhasen) als »Offiziersburschenschwank« Piscator auszureden; er wollte lieber den Roman zu einem Bühnenereignis werden lassen, das heißt, eine szenische Form erfinden, die dem Material des Romans zu adäquatem Bühnenleben verhilft. Keine Vertheaterung des Romans, sondern ein Roman, dessen epischer Fluß auch die szenische Ausdeutung ergreift. Brod/Reimann hatten es auf den Fluß einer dramatischen Handlung angelegt. Diese von außen an die Figur des Schweyk herangebrachte Handlung (eine ganz konventionelle Liebesgeschichte außerdem) nahm dem Politisch-Prinzipiellen der Hašekschen Dichtung den Boden. Nicht mehr die Umwelt und ihre Vertreter waren das Entscheidende, sondern die durch die szenischen Notwendigkeiten einer Komödie mit Schweyk zusammengeführten belanglosen Einzelpersonen. Der epische Charakter des Werks sollte eben nicht, forderte Brecht, versteckt, sondern auf der Bühne zur Geltung gebracht werden.

Auf Versuche, Albert Ostermaiers Stücken die »Lyrik« auszutreiben, statt dessen die Sprache in eine überschaubare, verständliche Handlung zu übersetzen, wäre ich nicht sehr gespannt; aber den Versuch eines Schauspielers, der in bestürzendster Virtuosität in den glatten Boulevardstücken Feydeaus oder Labiches den bodenlosen Abgrund, die absurde Logik sichtbar werden lassen kann, die Theatertextlyrik von Albert Ostermaier zu szenischem Leben zu erwecken, halte ich für den besseren und fürs Theater ergiebigeren Weg. Der Schauspieler Udo Samel beispielsweise ist so ein erkenntnisheischender Wortlüstling, ein Sprachartist, der der lyrischen Sprache des Dichters einen angemessenen Körper verleihen und sie spannungsgeladen zum Sprechen bringen kann: eine Sprache, die er einerseits, wie in der Münchner Uraufführung von »Zuckersüß & Leichenbitter« (1997), entstehen läßt, sie aus sich herausschleudernd wie Blitze oder zu delirierenden Kunstgebilden hochstemmend, die er andererseits gar nicht an sein Ohr dringen lassen will: das Gerede des Zuckerstücks nämlich, das sich redend sein Leben verlängern will und den alten Kaffeetrinker im Rollstuhl mit Worten überfällt, die den Großsprecher dann doch überrumpeln, so daß er schließlich die Sätze wie Einsichten ins unvermeidliche Endspiel mitspricht und sein Tod dann identisch ist mit dem Auflösen des Zuckers im Kaffee. Und so wird der Sinn freigelegt, den das verrückte Todesspiel macht.
Eine fast obsessive Fixierung auf Person, Schicksal und Werk Ernst Tollers hat Albert Ostermaier in einem Interview mit »Theater heute« als wesentlichen Grund für seine lange Beschäftigung mit diesem Dichter angegeben: »Ich war mitgerissen von Tollers unerbittlicher Selbstkri-

tik, seiner Fähigkeit, sein Leben an seinen Idealen zu messen. Damit immer wieder in politische Prozesse einzugreifen und dafür alles aufgeben zu können. Man kann an Toller einiges erkennen, wie sich in einer Biographie dieses Jahrhunderts ethische und ästhetische Ansprüche schneiden, überkreuzen, vielleicht auslöschen. Da haben sich Themen herauskristallisiert, die mich motivieren zu schreiben. Deshalb hat mich dieser Mensch auch nicht mehr losgelassen.« Im Mai 1939 nahm sich der Dramatiker im New Yorker Hotel »Mayflower« aus Verzweiflung über die politische Situation und das Scheitern seiner Hilfsaktion für die vom Hunger und vom siegreichen Franco-Faschismus gepeinigte spanische Bevölkerung das Leben. Toller gehörte damals zu den im Ausland angesehensten und nach seinen Vorträgen meistgefeierten deutschen Exilschriftstellern.

Albert Ostermaier konfrontiert nun in seiner 1995 ebenfalls in München uraufgeführten Tollertopographie, der er den Titel »Zwischen zwei Feuern« gegeben hat, den schon länger unter schwersten Depressionen leidenden Toller in der Selbstmordnacht mit seinem Spiegelschatten Tollkirsch und läßt ihn um die Summe seines Lebens ringen. »Menschsein ist ein Luxus, den man bezahlen muß.« Zum Schreiben fehlt ihm aller Antrieb. Nur der Aufschrei will ihm noch gelingen, den Ausbruch der Gefühle kann er fassen. Der Strom der Worte aber versiegt, noch bevor er ihn bändigen müßte. Hellwach, von Schlaflosigkeit geplagt, würgt er an den Worten, »die längst von dir getrennt mit einem Hieb stinken wie das Aas und nicht vergehen wollen«.

Mit neoexpressionistischen, von Unruhe, Sehnsüchten und Entsetzen erfüllten Wortsalven attackiert Ostermaier

hier auch die banalisierende Theatersprache jener Autorenkollegen, die, politisch desinteressiert, nur spaßselig den medial produzierten Alltag textlich nachbereiten.
Bei seinem jüngsten Stück »Tatar Titus«, das im Mai 1997 beim Berliner Stückemarkt mit Udo Samel als Sprecher vorgestellt wurde und bei den Hannoverschen Autorentagen in einer Werkstattinszenierung eine erste szenische Auslegung erfuhr, handelt es sich um einen von Shakespeares »Titus Andronicus« ausgehenden Text über das Verständnis von Kunst und Macht. Ostermaier versucht, Sprache so aufzuladen, daß sie die Balance hält zwischen Zeitkolorit und dem Transport von Wahrnehmungsrastern unserer Gegenwart. »Das Politische liegt dabei in der Wahrnehmung, in den Wahrnehmungsstrukturen. Das politische Moment stellt sich über die Genauigkeit der Wahrnehmung, die Schärfe der Sprache, die Präzision der Bilder ein. Und wenn Theater der Sprache diesen Raum und diese Wirkungsmöglichkeiten gibt, ist es politisch.«
Mit »Tatar Titus«, einem auf drei Spiel- und Inhaltsebenen arrangierten Stück, hat Albert Ostermaier das fesselnde Drama eines Dichters geschrieben, der die Macht der Sprache erstrebt, sie restlos auskostet, über sie verfügt, ihrer Macht dann erliegt. »Der Fleischwolf des Schlächters«, kommentiert Ostermaier, »zerreißt nun auch Papier, gewinnt die Zutaten für ein Tatar aus Blut und Wort, das als Götterspeise dem Herrscher dargebracht werden soll. Doch seine Worte verschlingen diesen Titus selbst. Sie verschlingen seine Werke, die Hand, die sie schrieb, und schließlich auch seine ›Muse‹ Lavinia, die bald keine Hände mehr hat, zu schreiben, keine Zunge, zu sprechen.« Die Erfahrung von Macht und Ohnmacht

der Sprache ist das abenteuerliche Experimentierfeld des Schriftstellers, sein Himmel und seine Hölle.
Ob Bertolt Brecht, den Albert Ostermaier zum Thema, Zentrum oder nur Angelpunkt seines nächsten Stückes machen will, auch so ein Tatar wie Titus oder nur der arme B.B. sein wird – der Denkende oder der sich unkenntlich machende Städtebewohner, ein Niemand, Herr Keuner (das heißt: Herr Keiner) oder ein philosophischer Sprachartist, so eine Mischung als Laotse und Karl Valentin – darauf bin ich sehr gespannt. Möge es ein Stück werden mit einem Dichter, der uns fremd bleiben muß, aber uns »hautnah« in die Quere kommt. Und *pur* – wie das gleichnamige Gedicht von Albert Ostermaier in dem Band »Fremdkörper hautnah«:

ich nehm dich ungeschminkt & sags
dir ins Gesicht ich lieb dich wie
du bist drum kleid ich dich in worte
ein & nehm sie dann zurück & rück
dir mit der wahrheit auf den leib
denn sie ist nackt & doch geteilt
am schönsten.

Klaus Völker

Zwischen zwei Feuern

Tollertopographie

Personen: Toller
Tollkirsch

RUNDE I

Segment: Mayflower-Hotel; N. Y.

tollers apartment im mayflower-hotel. auf der bühne eine klassische erhängungsmaschinerie, eine badewanne & neben dem galgen ein hollywoodesker schminktisch. die bühnenbegrenzungen sind die eines boxrings. der raum wird von den hektischen lichtern & scheinwerfern manhattans ausgeleuchtet, die eine unruhige konturenlosigkeit der dinge erzeugen. der stadtlärm drängt ins zimmer, in die geräuschkulisse des nächtlichen treibens mischt sich das rufen von seelöwen, die immer eindringlicher & zugleich verzerrter das klangbild bestimmen, sowie vereinzelter schlachtenlärm des spanischen bürgerkriegs & kampfliedfetzen. toller fängt erst spät zu sprechen an. als er eine petroleumlampe entbrennt, erkennt man sein gegenüber: tollkirsch.

TOLLER hörst du die seelöwen
im central-park nachts
wie sie in ihren becken
schreien die kahlköpfe
im klagen aus dem schalen
wasser recken
ich hör sie
wenn ich in meinem bett
liege unter den scheinwerfern
schreien
hör das klatschen

ihrer flossen auf die
stahlsaiten der käfige &
das nachhallen
der stadt die mit ihren
hysterischen augen die
membran des nachthimmels
absucht nach rissen dem
schreien der seelöwen
im lichtermeer die uns
die flut über den kragen
wünschen schlaflos liege
ich & warte auf meiner
koje dem kabinensarg der
mayflower dass sie mich
löscht wie eine nutzlose
ladung ein blinder
passagier selbst unter den
schiffbrüchigen die sich
mühsam genug über wasser
halten & mich auf der
brücke suchen während
ich schon keinen halt mehr
finde & unter ihren
planken ertrinke
hörst du jetzt
wie sie noch immer
schreien sie fordern
den untergang der stadt
weil sie wie wir engel
sind hinter den gittern
gottes eigenen landes
in dem er uns
zurückgelassen hat

TOLLKIRSCH auf weissen wolken zweiter
klasse im hintergrund der
unendlichkeit das gastspiel
der new-york-fallen-angels mit
ihren fettleibigen flügeln &
trägen schnauzbärten die
ihnen über die mundwinkel
laufen wenn sie bei ihrem
o-mensch-geraune die mäuler
runden zu heiligenscheinen
die sie wie rauchringe
in den äther blasen
als vorboten
einer brennenden stadt
fürchtet
die seelöwenpropheten wenn sie
aus den wassern steigen
sie werden euch
die gummientchen aus den
badewannen treiben
TOLLER kannst du nichts andres mehr
als mir deine zyne
mit der regelmäßigkeit der
vergeblichkeit
in die augen zu ätzen
mir das schwache weinen
wenn es kommt weil ich
schon kaum mehr jeden tag
überleben mag
zu versetzen mit deiner
rezeptur dass ich das
schrecken nur seh

wie es ist & mich
zurücklehn
es geschehen lass
mit eitrigem lächeln
das fleisch
unter den kleidern
seziere
als sei was sich
lebendig noch
bewegt
inmitten unserer
abgezählten tage
nur das letzte
aufbäumende klappern einer
längst geköpften
schlange
deren gift wir
in unseren körpern
tragen ich
mag mich nicht begnügen
mit der kalten freundlichkeit
einer kugel
die mir durch die kehle
ins herz rennt nicht
mit dem tribünenplatz
vor meinem spiegel
der mir die niederlagen
meines champions
entgegenwirft
mit dem ich all meine
hoffnung verwettet
habe & das restliche

geld um ihn
wieder auf die beine
zu stellen
einer glaubt an dich
einer noch
doch jeder schlag
zwingt ihn leicht
aufs neue zu boden &
ich kann mir nicht
einmal mehr
den platz vor meinen
augen leisten
bald bin ich arm
wie ein prolet &
arm die worte
denen ich noch
traue
dann ist die
masse mensch
in mir verbraucht & ich
reih mich ein
dem massenspiel der
toten brüder
denn menschsein
ist ein luxus
den man bezahlen
muss

toller dreht die birnen seines spiegels aus der fassung. im raum überlagern sich frontbilder des spanischen bürgerkriegs mit polizeiphotographien der strassenkämpfe in den new yorker suburbs, die während tollkirschs rede über-

schrieben werden von ständig springenden börsenkursen im akustischen geleitschutz notorisch gebrüllter kaufgebote, unter denen das schlachtlautbild & schreien der gefallenen allmählich verstummt, bis nur noch die geräuschkulisse eines sich überstürzenden geschäftstreibens zu hören ist, der abstrakte frontbericht des aktienindex.

TOLLKIRSCH die ware mensch
steht hoch im kurs
schlachtvieh
ist rar an der front
die börsen spekuliern
mit metzgerhänden
am gewehr
die termingeschäfte
ticken an den zeitzündern
der fleischwölfe die
unsere gewinne
durch die därme drehn
aus stahl damit das
kriegsvolk der kantinen
hackfleisch hat
zum mittagstisch das
sich zu bauch & buche
schlägt während wir
beide uns palmenzweige
in die rachen schieben &
uns an blumenworten
sattfressen wie die
ziegen die geduldig
ihre sätze kauen &

ihre wahrheit dann
in pillenform verdauen
mit denen sie die
wiesen düngen einer
bessren zukunft in
der homerschen ferne
doch nimmst du sie
beim wort
langst du nur in
dreck der übel
stinkt nach
blähungen von bäuchen
die sich nur
erheben
um luft zu
bewegen
wir sind nicht besser
wic wir hier sitzen &
unter unsrer
weisheit schwitzen

TOLLKIRSCH deine wertpapiere werden
in diesem land
nicht mehr gehandelt

TOLLER du kannst nur handeln
mit dem handteller
der eine granate
schleudert
auf den einzigen
kurs der freiheit

tollkirsch schlägt mit dem letzten satz toller ins gesicht, so dass dieser zu boden geht & erst langsam & zögernd sich wieder aufrichtet, niedergeschlagen – nicht zuletzt durch den vorwurf der tatenlosigkeit – kommt toller in seiner argumentation nur schwer auf die beine, steigert sich dann aber in eine fast fanatische selbstanklage & greift seinerseits tollkirsch körperlich an.

TOLLER als der krieg begann & die
ersten freiwilligen
nach spanien eilten
wollt auch ich es tun
ich tat es nicht
kein grund lässt mein
gewissen gelten
vor der schuld
ich habe versagt
vor den menschen
versagt
vor meinem anspruch
mensch zu sein
unter denen die für
diesen anspruch nicht
blutleere worte
aus dem satten mund
verlieren
sondern ihre dürren körper
in das fette maul des
krieges strecken
mit beherzter kraft
denn nur das nährt sie
noch
das herz das im hunger
nach der freiheit

schlägt
über die wir bei
flackerndem kerzenlicht
zwischen den gängen
erregt debattieren im
kampf der meinungen &
dem zigarrenrauch der
unsere angeschlagene
verdauung beherzigt
wir stinken schon
vor freiheit &
sind doch nur freier
des geldes das wir
mit engagierten worten
suchen dass es uns den
olympischen blick über
manhattan sichert
wieviele stockwerke
schwebe ich über der
strasse dem dahinvegetierenden
leben zwischen den
für manchen sogar noch
lebensrettenden
ausscheidungen unserer
konsumfreiheit
drei ecken weiter wo
ein kampf tobt dessen
front in keiner
schlagzeile den spitzen
kopf des bürgers
kalt erschreckt was
interessiert ihn denn

wer dort in seinem land
in seiner stadt vor
seinem haus & seinen
augen hier verreckt was
kümmert ihn der asoziale
dreck er sieht nur was
er sehen will doch was
sehen wir mein freund wir
steigen mit dem fahrstuhl
in die lüfte bis das
einzig schwarze das wir
noch wahrnehmen nur als
hintergrund die lichter
kontrastiert die wir
leuchten sehn als
fackelträger
unserer glühenden ideale
die wir nachts
nach den aufdrängenden
wirren des tages gern
angeschaltet
wissen das beruhigt uns
ich weiss nicht
deine zyne
steckt mich an
die wahrheit in ihr die
ich spüre
mit dem gewicht
meines körpers der hier
sitzt & kämpft nur
mit der müdigkeit der
langsamen stunden in

denen das gewissen den
hektischen pulsschlag der
stadt wieder einholt &
seine zeit fordert
die schuld
zu begreifen wie einen
verlust an stunden die
verbrannt sind
allein
mit den freunden in
spanien
ohne meine hilfe
ohne mich unbedeutenden
einen mehr der doch
zählt als
ein kamerad mehr
gegen den feind
wie jeder andere
auch sie eilten nach
spanien
ich tat es nicht
warum tat
ich es nicht ich möchte
sätze wie salven
durch die megaphone
schreien
wollte worte finden
die als bombensplitter
durch die gräben tanzen
ihren lügen beine zu
machen
flugblätter träumte

ich auf ihre köpfe
zu stürzen wie
tollwütige engel &
jetzt
krepiert mir die stimme
am kolben des kehlkopfs
warum tat
ich
es nicht
spanien

die szene öffnet sich in den von toller visionierten assoziationsraum des spanischen bürgerkrieges in seiner letzten phase während francos sieg & somit der niederlage von tollers hilfsaktion für die hungernden spanischen kinder. die bühne mit den zuschauerrängen & dem podium trägt andeutungen einer stierkampfarena. unter den jubelnden, blutbegeisterten zuschauern fallen vor allem vom treiben faszinierte kinder auf. tollkirschs kleidung zeigt versatzstücke eines torerokostüms. toller kann in seinen bewegungsabläufen einem geschundenen, bereits geschlagenen stier gleichen. die szene ist zu einem absurden duell verzerrbar.

so nah rückt mir das land
wo der arm des freundes
sich vertraut
um die schultern legt
um deinen kopf zu ernten
wie eine sichel
wo dein bruder
statt dich zu stützen

die spitzhacke dir ins kreuz
schlägt
dieses land
wo die bäume
erhängte zum frühling tragen &
du kein wald vor lauter
galgenkronen siehst hier
in diesem land
wo die orangen
zum ersticken blühen
hält nun ein meister mittagsruh
aus deutschland
vor seinem werk des
sonnenuntergangs &
seine jünger betten kalt
die kinderherzen zu den
schädelknochen denn
dies ersehnte land
ist nurmehr ein
ackerland den schwerterscharen
ein leben nur
der dünger für den tod

TOLLKIRSCH betrogen
um die aufgestaute kraft
der eingedämmten jahre
die stiereslust
der kampfbereiten augen
betrogen
um den traum die welt
die du verändern kannst
die zukunft die du kommen
sahst & ihren neuen mensch

betrogen
um den preis der zärtlichkeit
den rettenden arm
der abgereisten frau
betrogen
um die messerspitze wahrheit
in den worten
betrogen
um die worte selbst
rast du gehörnt
wie eine ganze herde
durch die arena deines herzens
ein aufgeschreckter
der zu guter letzt
am eignen spiess
sich um die achse brüllt
sich bräunt zum wohlgeschmack
des volkes das totes tier
mit kruste liebt

TOLLER virenme del otro lado
que por éste estoy tostado

TOLLKIRSCH dreh mich um
denn auf dieser seite
bin ich schon geröstet

sie wechseln die kostüme. toller nun als torero, bereits getroffener.

TOLLER kindermäulern werden sie
ihre braunbiersuppe
hinter die spatzenzungen
schütten

mit geübtem griff
das brot
wie arme brechen
als geste des friedens
berge kartoffeln
werden sie aus den
kiefern der verscharrten
pflücken mit deren
knochen als besteck
denn zwischen den rippen
tragen sie gärten
zu ernten
dem hunger der henker
TOLLKIRSCH da röchelst du allein &
spuckst mit deinen innerein
die hoffnung in den sand
gräbst mördergruben aus &
streckst dein aufgespiesstes
herz dem volk entgegen
das längst den schauplatz
deiner kämpfe müd
verlassen hat & jetzt
dem sieger applaudiert
der das blut auf seinen
hörnern dir zum hohn
durch alle strassen trägt
TOLLER & lässt sich mästen
mit menschen & ländern
bald trägt er als fell
den skalp europas
TOLLKIRSCH unser amerikanischer
kuhjunge

wird ihm schnell das
fangseil im nacken
schliessen
ihn solang mit den
stahlsporen in die lenden
treten
bis er den pflug durch
neubestellte äcker
schleppt
der bulle wird im
schlachthaus sein fleisch
lassen dem erntedank
des siegers & selbst
der metzger wird zum beil
ein lied von freiheit
führen

TOLLER & säng ers nicht
als neues bessres
& wird es nicht
gesäet in schwachheit
& wird
auferstehen in kraft

TOLLKIRSCH sie tauschen nur
den stier durch ochsen aus
die weiter jedes joch
geduldig tragen
als seis der hintern
gottes
den sie entlang der furchen
bis zum frühling ziehen
wo ihre saat aufkeimt
blutbodenäpfel &

ein heer
von bohnen im spalier
das volk zu nähren
für den nächsten krieg
gegen
das rote ungeziefer

der halluzinierte erinnerungsschauplatz der arena verliert sich. zurück bleibt tollers apartment. toller skandiert seine reden in revolutionärem aufbegehrungspathos in den schminkspiegel. teils aus selbstliebe, teils als illusion, noch immer der charismatische volksredner zu sein, teils als existentielle rückversicherung, noch einen auftrag zu haben & deshalb am weiterleben festhalten zu müssen.

TOLLER wenn das joch der barbarei drückt
muss man kämpfen & darf nicht
schweigen wer in solcher zeit
schweigt verrät
seine menschliche sendung
nie könnt ich
schweigen &
doch leben ich
schweig erst
wenn ich den strick
aus meinem koffer
hole & mir
das letzte wort
im hals abschnür
TOLLKIRSCH & schweigst
im resultat gleich
jenen die die mühle

weiterdrehn im trott
träumst diese tat
ohne wort
sei endlich als
tat dieses wort
das schnell von ohr zu ohr
läuft bis sie
aufrechtstehn
sie werdens nicht verstehn &
weitergehn
dir das wort
im mund umdrehen

er dreht toller auf seinem stuhl immer schneller im kreis.

wies sie verstehn &
sie verstehns
ein wort zu
drehn
bis es den wurm hat
TOLLER kein letztes wort
ist mein geleit
leidende & kämpfende
sind es
die unterirdischen helden
die der tyrannei
ein ende machen wollen
ich lass die fahne sinken
doch ihr nehmt sie auf &
tragt sie weiter
zum endgültigen sieg
es wird

gesäet in unehre
& wird
auferstehn in herrlichkeit
es kommt der tag es
kommt der tag des
proletariats
wo mein letzter satz
für euch der sprung zur
freiheit heisst
denn es wird
gesäet mit asche
& wird
auferstehn in tagwerk
TOLLKIRSCH amen &
am dritten tage
hinabgestiegen
zu den toten
sie werden schiffchen falten
mit deinen flugblättern sie in den
blutlachen unserer toten
kameraden segeln lassen
um die welt eines
abgeschossenen traums dessen
herz noch nachschlägt unsren
ohren als hätte es noch
die späte kraft dem feind
in die eingeweide zu rasen wie
ein blindwütiges geschoss jedes
wort kommt langsam jede
kugel schneller in die schläfen &
seien es meine eigenen wenn
ich nicht bald mein läppisches

leben in die zersprengten
reihen schliesse
der zünder brennt die uhr
läuft eine menschenbombe in
manhattan wäre ich nichts als
eine angesteckte tonne wie sie
in jeder strasse steht wenn
sie sich ihre kalten finger
wärmen an dem bisschen feuer
du denkst es sei zu spät
es ist nie zu spät
wenn du genügend dochte
unter dem hemd trägst sie
sind zu viele als dass es
nicht jeden lohnt den
du mitreissen kannst hier
bist du an der front komm
ich schliess dich in den
kessel meiner arme &
nehm dich
mit auf meinen weg
dann mögen wir uns
versöhnen
am ziel dort wo die worte
nicht mehr
hilflos um die zunge irren &
die suche einen ort hat der
alle sprachen spricht &
keine an die wir uns
verlieren
müssen wie hier
in diesem penthouse im

stockwerk zu babel in dem du
jeden neuen tag
in stiller folter
implodierst

TOLLER wohin wohin
näher & näher
rücken die steinernen
wände ich friere &
es ist dunkel &
das treibeis der
finsternis klammert
mich gnadenlos
wohin wohin

während tollkirsch toller einen ausweg aus der klammer des zimmers entwirft, erscheint dieser toller in einer halluzinatorischen verdichtung seiner fluchtgedanken als projektion auf der türfläche. urlaubsprospektperspektiven spaniens werden von schlachtbildern & hinrichtungsszenarien überlagert. tollkirschs erscheinung changiert zwischen schemenhafter imagination & erdrückender präsenz.

TOLLKIRSCH komm mit mir
dort ist die tür
zur stadt den rollfeldern den
strassen dem hafen sie
zu verlassen nach
spanien
dort ist das loch
in der wand den
weg

müssen deine schritte
selbst machen oder
springst du
aus dem fenster dir
werden keine flügel
wachsen wie ein
himmelsbrei
liegen sie schon
zu dutzenden
auf den pflastersteinen der
liebe gott hat sie
erbrochen
weil ihn die unschuld
würgte

toller irrt & kreist durch den raum, die projektionen folgen ihm, holen ihn ein, stehen vor ihm wie irrlichter. er sucht tollkirsch, sieht ihn aber nicht, wird endlich auf sich selbst zurückgeworfen, kommt zu sich, findet tollkirsch & greift ihn an.

TOLLER keiner hört keiner
hört keiner
wir sprechen & hören uns
nicht
wir hassen & sehen uns
nicht
wir leben & kennen uns
nicht
wir morden & fühlen uns
nicht
muss es immer

immer so sein
du werd ich dich
nie
verstehn
du wirst du mich
nie
begreifen
nein nein nein
warum
zertrümmert
verbrennt
vergast
ihr die erde
alles
vergessen
alles
umsonst
so dreht euch weiter
im karussell tanzt
lacht weint begattet
euch viel glück
ich spring ab

er wirft tollkirsch von sich & legt sich den strick um den hals, steigt auf seinen stuhl.

& spring ins seil
von der kante meines
stuhls dann mag mir
der fliesenboden
abgrund genug
sein

mein kaltes hirn
auf reisen zu
schicken
ihr könnt meine
asche im ozean
der badewanne dann
ausstreuen doch
vergesst nicht
das wasser danach
abzutreiben in die
abflussrohre
dass auch ich einmal
im untergrund
kämpfe
unter der gürtellinie der
netten gesichter in den
schädelwolkenkratzern
unter der stadt auf der
blutaschenbahn des
neuen menschen
auf der ich bis nach
spanien
laufe durch das meer
das sich auftut
wenn sich die schlinge
schliesst
wir alle sind mörder
an uns selbst

TOLLKIRSCH & machen uns das sterben
schwer so leicht es ist
die faust zu öffnen
erschöpft zu warten bis

das blut in die totenblässe
zurückschiesst die
schraffur des gutgebundenen
stricks & man allmählich die
handflächen wieder vor
augen sieht die schon ins
abseits ausgefranste
lebenslinie dieser so
eingenarbte aberglaube
der erst richtig aus den
pulsadern springt wenn man
den schnitt tief genug
setzt & die wasser sich
schon angenehm mischen in
der wanne in die du dich
mit deinen wunden armen
legst & das blut
zu deinem leib hingibst
als opfergabe der
putzfrau die den ganzen
dreck dann
am nächsten morgen
aus dem zimmer spült &
die betten frisch
bezieht für den nächsten
lebensmüden der es sich
leisten kann
denn
man geht nicht kaputt
wenn man noch eine
aufgabe
hat

tollkirsch schlägt toller den stuhl unter den füssen weg.

Endgong Runde I
Segment: Mayflower-Hotel; N. Y.

RUNDE II

Segment: Fallhöhe & Krieg

die bühne ist vollkommen verdunkelt. allein toller ist – die schlinge des galgens um den hals, mit beiden händen gegen deren zugkraft ankämpfend, hilflos auf dem umgeworfenen stuhl balancierend – vor dem erleuchteten schminktisch zu erkennen.

TOLLER wie mir alle sinnstränge ins leere
laufen
das mir entgegen starrt
mit halbersoffenen augen
mir blicke spiegelverkehrt
ein lächeln schneiden das
die augenbrauen kappt
& lacht bis
die backenknochen splittern
ich will das ganze
himmelsgesöff von
edlen worten
mit einem schluck
durch den schlund
hetzen
solang mit mir
an den füssen
baumeln
bis ich den boden unterm
kopf verlier &

das blut mir gehörig
in die gänge stürzt
zum pfeifkonzert des
letzten lochs &
nichts bleibt
als eine bittre lache
spucke versetzt mit
einem tropfen nasenblut
voll tragischer
fallhöhe was
lach ich dies

tollkirsch tritt hinter toller & wird als dessen spiegelschatten sichtbar.

mein gesicht ist eine
fratze
die mich glauben lässt
ich
sei ein trugbild

toller verliert sein mühsam gehaltenes gleichgewicht, worauf ihn tollkirsch zunächst auffängt, doch dann mit einem zynischen lächeln belustigt von sich schleudert wie eine kegelkugel am galgen & toller, der sich mit den händen in der schlaufe vorm ersticken zu retten sucht, mit gezielten stössen am kreisen hält.

mein kopf kopf ist eine
kugel & kommt
nicht aus &
schleudert

gegen wände
immerfort der
kern in diesem
würfelleib &
fällt
mein leben
ists ein spiel &
wars die
glückszahl die dort
fiel

tollkirsch fängt ihn erneut auf, umklammert ihn mit festem griff & setzt ihn zwischen die beine des umgeworfenen stuhls.

TOLLKIRSCH aus dir spricht
der clown der in der
kiste klemmt
wenn die sprungfedern
ihre spiralen ihm
durch den hintern
in die därme
treiben
wie besoffne stimmgabeln
schlagen sie den
kammerton deines
narrenlieds an das im
dunkeln murmelt &
vor tagtraum
stinkt
wach auf der tod
winkt

mit kanonenfutter
in den händen

toller betrachtet sich lange erstaunt & eindringlich im spiegel & befreit sich, zunehmend seiner selbst sicher, von seinem illuminierten abbild. er umfasst mit beiden händen & ausgebreiteten armen seine gurgel, als ob er sich aus eigner kraft erwürgen möchte.

TOLLER diese gurgel
ist das gelenk
des gleichgewichts
& was an
kopfgeld
in die schalen
fällt
schnürt mir das
atmen ein &
was an luft
ich noch
aus diesen lungen
lass
den judaslohn
für den verrat
am vaterland
dem ich den
dolch
aus seinem rücken
zog mit ihm
sein fettes ordenherz
zu schlachten
den roten stern

an seinen platz zu
pflanzen
für den verrat
an der mutter der partei
die mir den rücken
kehrte weil ich
mit worten
stach & nicht
mit bajonetten
die nicht in
tausend jahren
treffen
nach dem planziel
der geschichte deren
zuhälter nicht ich
war ein freier war
ich zwischen den feuern

toller versucht, sich mit seinen händen zu strangulieren. als seine kraft versagt, umfasst ihn tollkirsch, hält ihn in seiner stellung & würgt ihn lachend mit seinen auf tollers händen. während des kampfes verdunkelt sich der raum & wird von einem plötzlichen projektionslauffeuer mit kriegsszenarien, kindheitsimpressionen & kadaverbergen durchzogen.

TOLLER wo ich aufgebrochen war
brech ich jetzt ein
mit der wucht meiner
erinnerung
die ihre schweren brocken
mir über die schultern
rollt & den kopf

unter dem gebeugten
kreuz begräbt dem
kind dem freiwilligen
der ich war am hals
ein hundeband aus
bombensplittern
soldaten
ich kann die gesichter meiner
kameraden nicht vergessen
sie liessen sich in fabriken führen &
zu maschinenteilen pressen
vierjähriger krieg hat ihre seelen erdrückt &
ihre augen geblendet
das menschliche ihrer gesichter bespien
da starb es geschändet
bei dirnen aus dunklen hafenschänken &
schmutzigen bordellen
sah ich oft unter geschminkten masken
ein gütiges lächeln quellen
aber die gesichter meiner kameraden
gleichen erstarrten lachen

das lachen tollkirschs rotiert auf allen projektionsflächen.

bombenkrater klaffen
längst in
meinen augenhöhlen
mir sind die sinne
entzündet die asche
drückt die lider
nieder
meine netzhaut ist

das fadenkreuz
mit dem der
krieg
die furchen durch
mein blickfeld
zieht & erntet
augenzucker
für den tod

er gibt seinen widerstand gegen tollkirschs würgehände auf, worauf dieser seinen griff abrupt löst. toller wendet sich ihm zu, will ihn auf seine seite ziehen, ihn durch sein erzählen für sich einnehmen, versucht ihn immer wieder zu gewinnen, wobei tollkirsch jede annäherung, jedes zunahekommen mit schlägen quittiert, ihn – nach einem kurzen zögern – von sich abstösst.

TOLLER als der krieg uns überfiel wie ein geiles tier
schrien wir auf & riefen uns herbei
dass wir gemeinsam uns wehrten
& unsren willen
wie ein flammenfelsen
dem kampf entgegenstemmten
oder tatens nur um uns zu stützen
um nicht allein zu sein
so hoffnungslos allein
der krieg verjährte zum gespenst
das zeitlos knöchern seine finger
um uns willig unfreiwillge völker krallt
die menschen befrein sich von den hüllen
wir sehn uns scheu voll misstraun an
unser hass ist müd verschlackt

mit leeren augen sitzen wir beisammen
& keiner der den andern weh in seine arme schliesst
gleichgültig blicken wir uns an & fremd
die worte die wir sprechen sind masken
wir wissen es
wir haben nicht die kraft in einsamkeiten
zu entfliehen
& dort zu wappnen uns mit kristallnen panzern
so sitzen wir beisammen
mumien oder grammophone

tollkirsch schlägt ihn, als er ihn umarmen will, zu boden & umtänzelt ihn ironisch wie ein sieger, dann zählt er (oder das publikum) ihn aus. die trefferpunkte erscheinen auf der anzeigetafel.

TOLLKIRSCH die schlacht die dir
die sinne schwächt EINS
hat ihre ordnung wohl
bezogen von diesen
schiffchen aus papier ZWEI
die du aus büchern
reisst & schluckst DREI
mit donnerworten VIER
bis dir die därme rebelliern FÜNF
& die augen überschlagen
was verlust SECHS
du bist ein kind SIEBEN
das sich nach orden zehrt ACHT
für grosse tat NEUN

toller springt auf, geht scharf auf ihn zu & bleibt eine handbreit vor ihm stehen.

TOLLER die front läuft
zwischen uns
wie ihre gräben uns
beschützen
einander nur
die hand zu geben
TOLLKIRSCH & stünden
mann gegen mann
wie auch jetzt
TOLLER & stünden
aug in aug
& stünden
zum berühren
nah &
TOLLKIRSCH stünden
im standrecht
bald an einer
wand
TOLLER so nimmst du
abstand ständig
von meinem wunsch
bleibst
standhaft ich
verhaftet hier
zu überstehen
denn
ein stellungskrieg
der tobt in
mir

wohin ich geh
spuckt lehm
auf kleider die
ich seh
schnallt tornister
vor den fenstern
der boutiquen schicken
herren auf ihre
rücken drückt
in den schlamm die
feinbemaßten schuh
mit denen sie
gesichter treten die
ich grüsse
tief ins grau der
stumpfen augen
vierzehn kumpel
zeriss eine mine zur
teatime & der tod
ist schon ein
freund
aus allen tagen
die im graben
torkeln
mann auf mann
beim promenadengang
ich seh
irgendwer stolpert
fällt hin verreckt
vor meinen augen
wohin auch
ich geh

ist mir
der feind
am nächsten
tag
der bruder
ein toter
mensch
TOLLKIRSCH ich bin der dolch
der in deinem herzen
rührt die partei
ist nur der rostige
griff der unterm
roten lack noch
fault & fällt
ich bin der hammer
der die nägel in deine
redsamen hände
schlägt
die sichel bin ich
die deine edle stirn
umkränzt
bis das blut dir
strähnen durch die
engelslocken zieht
wie eine dornenkrone
denn seht
ganz wundenleib
im dornenhemd
schleppt er sich
hinauf zum berg
bläht augäpfel
in den himmelsdarm

der wolken
drückt so zart
derart ist der von
schmerz durchrissne
blick entrückt ihm
dass nur heisse luft
noch
aus dem märtyrer
weht
der tod selbst wird
fortan bei ihm zur lehre
gehen
du bist ein kriegsinvalider
dessen hirn auf krücken
schleicht
die front hat dir das denken
amputiert
ein hinkemann bist du
der nach ideen schielt die er
nicht hochbekommt
mit seinem schwachen geist
ich verschaff dir die
prothese
die du brauchst
TOLLER du vergisst
drei nächte hing
ich starr
im stacheldraht der
wie ein zahnrad
sich durch alle
knochen biss
die front riss

in mein herz
ein grenzstein
der sich wie ein
kreisel
durch die köpfe
fräst
ein schrei
drei nächte lang
TOLLKIRSCH woraus doch nur aus
diesem grossen maul
dem massengrab wo
mann auf mann
geschichtet wie
ein weihnachtskuchen
liegt
ein minenfeld
den zähnen die den graben
noch umstellen
aus dem ein atmen
steigt
ein leichenduft
von zimtgranaten &
gott wie schmerzlich
süss löscht er
dem tannenbaum
die kerzen &
bläst dabei dir alle
lichter aus
TOLLER ich bin ein wanderer
zum tode
im lärm der mir das
marschlied pfeift

ein opfer ohne
siegeskranz
bereit zum letzten
schon dem schlamm
geweiht & erdenkot
so zieh ich stumm
die schlachtbahn
dieses marathons am
henkerseil denn der
krieg
ist die olympiade des
todes
dabeisein alles

TOLLKIRSCH vor unsre augen tritt
ein zehnkämpfer des
leidens
zum preis die mutter
die sich nie erfüllt
ein wunschlos kind
vom schmerz gestillt
auf der durchnässten brust
die tränen der frauen
aus lichtloser nacht
so zieht er stumm zur
schlacht der herkules
im taschentuch das
opfertier aus samtpapier
& müht sich ab nach
honorargebühr
zu sterben vor dem tod
wofür

TOLLER der sturmregen klopft mir

auf die stirn
mit totenfingern
schlägt splitter wie
granatentrichter
ins hinterland der augen
bis dass die pest aus
wahnsinn knoten knüpft
der netzhaut die verletzt
im graben bricht
am lampenlicht

tollkirsch überdreht seine worte mit äffischen grimassen & absurd überzogenen gesten, gebärdet sich wie eine kasperlefigur; versucht, toller damit zu provozieren.

TOLLKIRSCH & geht im revoluzzerschritt
mit den revoluzzern mit
ersehnt im festtagsland
den letzten kampf
am mittagstisch wo er
krepiert im trotz zuletzt
der suppenkaspar an der
front im stellungskrieg
der löffel

toller schlägt aggressiv um sich, verliert die kontrolle über seine haltung.

TOLLER bin ich ein tier ein
metzgerhund im karneval
der schlachtgewitter die
schnauze tief ins fleisch

verbissen
wo eingeweide wie konfetti
auf den schultern hängen
der einzig grauenvolle
wahnsinnsschrei die
tollwut
einer plastiknase die
der fleischwolf holt

tollkirsch treibt das spiel weiter, umtänzelt & gängelt ihn, während toller zunehmend erstarrt.

TOLLKIRSCH es blökt den takt das
schaf bäh bäh
hat angst vorm
schwarzen mann
der tanzt um seinen
sensenbaum
da hockt auf einer
stange morsch
sieh an
das völkergewissen
mit einem gesicht
aus kinderknochen
gebrochen & blökt
bäh bäh
frisst taubeneier gern
mit salz vom toten meer
TOLLER die herzstirnwand hab ich
mit bomben ausgemalt
die tränenstädte vergossen
ins erdreich wie eimer

voll blut zum düngen
des frühlings geerntet
mein leben ein stahlbad
im mai

Endgong Runde II
Segment: Fallhöhe & Krieg

RUNDE II

Segment: Arrest & Revolution

toller steht unter arrest. er ist in einem engen – einem fahrstuhl gleichenden & auch so zu öffnenden – glaskäfig gefangen, der im brennpunkt der scheinwerferfeuer & -projektionen fixiert ist. er ist mit tollkirsch durch eine sprechanlage in der trennscheibe verbunden, sie sitzen sich gegenüber. die szene & beleuchtung changiert zwischen jahrmarkthafter zurschaustellung des inhaftierten & dem weißen terror der isolationshaft.

TOLLER die revolution nimmt
in ihren harten
arm auch diesen
festungsleib
quetscht den kopf
hier zu verstand &
bricht den gips der
die schritte der
streikenden wie meine
hemmt
mit harter wucht &
was schon wie taub lag
kehrt zurück
die ohren
euch zu stürzen

tollkirsch lacht auf & verwandelt per knopfdruck tollers

käfig in eine lärmglocke aus soldatenliedern & schlachtgesängen, zwingt ihn, mit seinen sätzen anzuschreien gegen die klangmauer.

die brut wuchs
lang genug
mit wut im
schweissbad eurer
hintern & stopft
euch nun die löcher zu
dass ihr von innen
platzt an dem
was sie geschluckt

TOLLKIRSCH wie rührend
du im kessel dich
mit ungeübten taten
suhlst
überhitzt dir träume
unterm sitzfleisch
brennen
doch bist nicht du es
der das feuer legt
wir schüren nach
wies uns beliebt &
deine hoffnung
nur das salz
das uns die suppe würzt

TOLLER revolutionäre sind wir tote auf urlaub
wir sterben nicht wir sind nicht tot
zu kriegen wir leben länger als ihr
glauben könnt & selbst im staub
noch siegen wir dann seht ihr rot

bis dass das weiss mit dem ihr
unsre leichen kalkt in euren augen
steht als fahne unsres siegs wir
sind es die zum helden taugen
& wer geschichte macht sind wir
nie wird die zukunft man uns
rauben denn was verwesen wird
allein seid ihr & du bists der stirbt

TOLLKIRSCH take it easy schau mich an
wer bin ich denn ein wächter
der dich wegschliesst vor
dem volk das dich auf
händen trägt & diese
mauern stürmt den helden
zu befreien aus seiner
einzelhaft im herzen new
yorks schau aus dem fenster
was siehst du da wie kann
man denn wolkenkratzer
mit gitterstäben verwechseln
hier interessiert sich niemand
ausser mir für deinen wahn
agitier den liftboy wenn du
magst aber vergiss nicht
du bist sein klassenfeind
gib ihm ein gutes trinkgeld &
er schreit hurra & knüpft
dir deinen strick

TOLLER von anfang an am strick
gehangen aufgeknüpft
zu ruhm gelangen wir
am galgen euch

baumelt was verlangen
gefangen
in der henkershände schlaufe
bald & bald
vergangen sind wir
gefangnen

TOLLKIRSCH vergangen ist er in der
henkershände schlaufe bald
wir sind gefangene des
vergessens den knoten
löst du nicht

toller trommelt gegen das glas, rebelliert. bilder & hymnen der revolution hetzen durch den raum. tollkirsch öffnet die schiebetür, worauf toller haltlos ins freie stürzt, & er ihn erneut einfängt mit einem lasso, während er seine worte in pathetischer deklamation nachäfft. (um den moment der revolution zu strecken, kann sich alles in slow motion bewegen.)

TOLLKIRSCH seht doch her
wie ledig aller bindung
ich
nun atme statt
ersticke
wie freier wille
mir den knoten
löste
der mich verknüpft
mit eurer schicksal
seilschaft
lang lebe die revolution

er lacht, hat toller gefangen.

das wars

Endgong Runde II
Segment: Arrest & Revolution

RUNDE II

Segment: Die Zelle

die bühne ist vollkommen verdunkelt. auf die wände sind bilder von tollers zelle aus der zeit seiner festungshaft in niederschönenfeld projiziert. er selbst ist zunächst nicht zu sehen, spricht dann aus dem off; ebenso wie tollkirsch, der bis zu seinem auftritt nur über lautsprecher oder als innenstimme tollers zu hören ist.

TOLLER WAND erschiesst mich
verbrennt mich ich bin
verdammt ein revolutionär
zu sein auf lebenszeit
sie stahlen mir das recht
zu sterben an der WAND
der weissen schlächter
der weissen WAND
jetzt seh ich WÄNDE
tag für tag nur WAND

toller ist jetzt allein auf der bühne sichtbar in einer stars& stripes-zwangsjacke. er wird verfolgt von suchscheinwerfern & blendleuchten in den amerikanischen farben. reklameflächen tauchen willkürlich unter spots im raum auf, begleitet von eingesampelten werbeslogans. toller rennt in hysterischer motorik immer wieder an gegen diese imaginäre wand & versucht letztendlich, die begrenzung durch halluzinationsräume zu überwinden.

WAND vorm aug WAND
die ewig trockne haut
von narben starr
das tote weiss der WAND
das aus den poren
strahlt die WAND
mein spiegelstein das
wächteraug blicke bohrend
WAND verfolgt mich WAND
hier schritt auf schritt denn
hinter mir zwei schritt die WAND
& zwei davor war WAND
& stürz ich brech ich aus
zur linken WAND & WAND
zur rechten WAND
TOLLKIRSCH du mauerst dich ein
stein um stein
in deinem kopfquadrat
ein festungsleib
TOLLER bis auf weiteres ja
einzelhaft
bis auf weiteres
hofverbot
bis auf weiteres
paketverbot
bis auf weiteres
rauchverbot
bis auf weiteres
zeitungsverbot
bis auf weiteres
entzug des lesens
bis auf weiteres

politischer bücher
bis auf weiteres
entzug
bis auf weiteres
des künstlichen lichts
bis auf weiteres
analverkehr
bis auf weiteres
briefverbot
bis auf weiteres
besuchsverbot
bis auf weiteres
bis auf weiteres
kein mensch
eine zwangsjacke
bis auf weiteres
lebt der häftling
nicht weiter sieht
bis auf weiteres
nicht die hand
vor augen
nur den wächter
nur das schwarz
nur den tod
wenn es weiter
nichts ist wenn es
weiter nichts ist
nur das nichts
nur das nichts
bis auf weiteres

nur ein notgesang

der ruft in mir &
lässt nicht ab
von seinen schreien
die mauer verfugt den horizont
hier vor den augen mir
& was da kommen mag ist nicht
ein riss
der durch den stein läuft
wie der schatten meiner
schritte
will ich der sehnsucht einen
namen geben nenn ich sie
sonne
am abend dreht mein gott
hinter der tür sie in den
schlaf
doch in dunkle wachheit mich

TOLLKIRSCH ja die sonne sperrt er
nach dem hofgang
hinter harlems sieben berge
dort hockt sie
in der einzelhaft
in ihrem sarg aus
abendtau
bis sie der morgen
freisprengt
in die stunden

TOLLER dann endlich ruhten meine augen
unter steinschatten
starr & kühl
in einem schlaf durch den
kein fiebertraum mehr

seine flügel hetzt
in auswegloser sucht nach
einem spaltbreit jetzt
TOLLKIRSCH umnachtet ummauert umschlossen
gefangen sind wir lediglich
in deiner gedankengänge
lächerlichem laufstall bis auf weiteres
ist hier nichts als die
freiheit die dich singen läßt
im fahrstuhl der auguren
öffne die augen &
der himmel verliert
jede wolke über
manhattan
TOLLER jeden morgen auf der pritsche
streck ich mich
im zifferblatt der schatten wenn
die eisen vor dem himmel
mir die stunden weisen
für die neue zeit
die schlägt nur noch
am schlüsselbund des schliessers

Endgong Runde II
Segment: Die Zelle

RUNDE II

Segment: Flucht

alles ist in nationalsozialistischem kesseltreiben & antisemitischer hetzjagd begriffen, über bilder der völkischen aufmärsche werden solche amerikanischer siegesparaden, rambosequenzen & bilder der flucht aus ländern & perioden der politischen verfolgung projiziert. exitlampen leuchten wie reklametafeln über den abgeriegelten fluchtwegen. eine gruppe von nazis, neonazis, amerikanischen faschisten, kukluxklanjüngern & footballspielern übernehmen die funktion der gefängniswände. tollkirsch ist in ihren reihen. toller versucht, sich immer wieder einen ausweg durch die sich zusammenballende menge zu erkämpfen, kann aber die begrenzungen nicht überwinden. der raum & die menschenwand um ihn verengt sich immer mehr, bis er fast unter ihr begraben liegt, & tollkirsch ihm durch seinen platz in der mauer zur flucht verhilft.

TOLLER die flucht zerfetzt mir die tage
schlägt die gedanken
in den wind übers meer
lässt den kopf
wie eine ruine zurück
unter den feuern
während die die
bleiben dennoch bleiben
glücklich in die
unbemessne zukunft blicken

unter den einst schweren
jetzt aufgeschossnen lidern
kraftvoll & mit freudenlungen
sich dem sonnenrad
ins kugellager strecken
bis die achse
in ihr rückgrat kracht &
sie zerquetscht
am himmel kleben dem
sie so frech
die stirn anboten
doch bis dahin
lacht & rollt
das brandmal mit in
ihren sängen von dem
volk das auszog
alle andren zu vertreiben
auf erden
sich ein reich zu gründen
in dem das blut als honig
fliesst
die schrecken ungezählt
wie heu sich häufen
welch jubelbrot den
hungrig verbissnen maulhelden
die den takt zum totentanz
mit ihren stiefeln
schlagen & uns
die sporen geben
als wegzehr
unsren betretenen gesichtern
die unter der fliehenden stirn

mit dem kopfgeld
auf den schultern
hilflos mit den armen
vor dem abschuss
rudern
die brust als segeltuch
noch in die winde spannen &
doch nicht aus ihrer haut
mehr fahren können
vor der letzten reise
wir reisen auf dem acheron
im maschinenraum die haut
gehört uns längst
nicht mehr &
weil mit nichts wir zahlen
können als mit einem
fleischberg angefaulten
lebens
das selbst dem kannibalenmaul
nicht koscher schmeckt
heizen uns des fegefeuers
fleissge stellvertreter
auf erden kräftig ein
damit die fahrt zu machen
zu entfachen ihre freude
durch die kraft der kessel
das leben läuft dahin
am krückstock des todes
bis unser atem zwischen den
ausgegangenen füssen
auf dem boden liegt &
aufersteht

über den masken im gas
das volk
ist längst verführt &
hat sich selbst verführt wohin
das führt da führt
kein weg vorbei
kein weg zurück
das volk das auszog
zog uns aus zog uns aus
bis unter die haut
zog ein im osten
unseres herzens sich
einen lebensraum zu
richten in dem es das
was von uns blieb
mit jedem lungenzug
aus seinen kammern
bläst als rauch
auf dieser strecke
hat jeder atemzug
seine endstation
ist jeder deutsche
ein schaffner
des todes
am letzten bahnhof
seines vom glück
geforderten lebenslaufs
was will er mehr
von seinem schicksalsgott
als dies zu sein
ein beamter des todes
auf lebenszeit

er ist nun unausweichlich eingekesselt von der menschenwand.

das herz schlägt wie
ein knüppel in der brust
schon bin ich geschlagen
genug & die hoffnung
platzt mit den adern
in den augen
der zweifel richtet sich
sein schlachtfest aus
in diesem hirn &
prügelt sich die worte weich
wie abgehangnes fleisch
ich bin nicht mehr am leben
nur deutschland deutschland
ists & holt das schaf
zurück ans messer
i was a german

tollkirsch öffnet ihm die lücke zur flucht. dunkel.

Endgong Runde II
Segment: Flucht

RUNDE II

Segment: Totenmaske

toller liegt inmitten von opulentem blumenschmuck, von einer amerikanischen flagge bis zum gesicht bedeckt, in der badewanne des zimmers aufgebahrt wie in einem sarg. er ist entstellend stark geschminkt, alles wirkt wie die hollywoodeske inszenierung eines heldenbegräbnisses. tollkirsch ist dabei, ihm eine totenmaske abzunehmen. er spricht tollers dialoge mit der maske vor seinem gesicht.

TOLLKIRSCH wer die pfade bereitet
stirbt an der schwelle
doch es neigt sich vor ihm
in ehrfurcht
der tod ich lebe lebe
immer noch der andere der
nicht weichen will doch alle
weichen stellt wies dir gefällt
ich hab dich ausgeplündert dir
den lebensvorrat weggefressen
bis auf deinen namen der am
grossen zeh im leichenschauhaus
baumelt den rest nahm sich
new york bis auf die spucke
im blanken gesicht die
wir emigrantenfreunde
mit den freigiebigen worten
dir gaben es sei

feige vor dem feind
eines morgens allein
nicht in spanien im bad
zu verenden
wenn nach dem frontkampf
mit dem spiegel die
pupillen aus der verlorenen
schlacht in den frieden
desertieren überlaufen
in den tod
der mit vollem bauch im
jenseits rülpst bis
du ihm hochkommst
ein bisschen schale luft
dem atem der geschichte
mehr nicht was bleibt
von einem leben noch
wie deinem für uns

TOLLER es bleibt die maske
mein gesicht
das ich dem tod
in seine lehmigen
hände drücke
bis dieser kelch
vorübergeht
an tausend augen &
jeder seinen durst
an den geschlossnen
lippen löscht
sie mit den zeigefingern
kreuzt für ein schweigen
das kein ende hat

TOLLKIRSCH viel zu lange liegst du schon
ein gigolo mit retuschierten augen
im himmelbett der kiste ein
toter held den man besucht
im mausoleum seiner eitelkeit
dass du den atem nicht
verlierst beim zungenkuss
der würmer zum zweiten
akt wenn das publikum längst
dein stück verlassen hat
& einen andren held zu
grabe trägt mit andren gleichen
worten ihn verlässt
während noch mit dir das
feuer in den kesseln
schreit
TOLLER dann wenn die flammenhaut das
harte holz am körper bricht
hab ich die ruh die ruh die
nur das grab verspricht
dann ist es reden nicht
was noch besticht
noch schweigen es erlischt

Endgong Runde II
Segment: Totenmaske

RUNDE III

Segment: Sex & Politics

tollers apartment im mayflower-hotel. das bühnenbild & der szenenaufbau sind identisch mit dem der runde I. der kreis schliesst sich. toller trifft vorbereitungen für seinen selbstmord.

TOLLKIRSCH du enttäuschst mich denn
eigentlich mein freund mag
ich dich mir gefallen deine
cholerischen augen deine
hände wenn sie zittern
& zu feige sind
sich in die hose zu fassen
ich mag deine lippen wenn
sie sich in die worte ver-
beissen statt sie zu küssen
wenn du trotzig wie ein
kleiner engel dein leben
verteidigst nur ertrag ich
dein politgerede nicht
warum erzählst du mir
nicht von den frauen oder
den ärschen der jungs im
gefängnis warum können
wir uns hier nicht gemeinsam
im whiskey ertränken
& statt ewig deinen

blöden schluss-strich zu
ziehen auf den echten strich
ziehen & uns ein paar schwälbchen
holen mit denen sich hier ein
nest bauen lässt in deinem
bett ihr wolltet doch immer
die frauen sozialisieren komm
lass sie uns teilen ein
wenig gruppensex ist mir
kommunismus genug vielleicht
versteh ich so was du mir
sagen willst die ganze zeit
ist es denn nicht viel schöner
einen körper zu erobern als
nur ideen wäre das nicht die
revolution die du brauchst &
ich wollte du tust mir
leid ich bekomme wirklich
mitleid mit dir das rührt mich
wie verlassen du da hängst
aber weisst du überhaupt
wovon ich spreche hast du
denn überhaupt jemals gelebt
& dich verbrannt wie ich

TOLLER ein leben lang doch du
bist nur ein hitzkopf ein
mieser kleiner blasebalg
der meine flammen nährt
mit heisser luft

RUNDE III

Segment: Mayflower II

TOLLKIRSCH friede dem dichter
krieg führt der
keinen mehr so
verbuhlt in
worte worte worte
nichts als worte
im papierkorb
feig versteckt
das sonst so
hochgetragene haupt
ich klag dich an
mein dichter
ich möcht es tropfen
sehn darin sehn wie
dieses haupt das blut
für rote tinte schwitzt
mit der das urteil
schnell geschrieben
verrat vollstreckt
bevor du dir die
wunden leckst noch
an den worten würgst
die längst von dir
getrennt mit einem
hieb nun stinken
wie das aas &

nicht vergehen wollen &
doch vergebens sind wie
jedes weitre wort
mit aufgerissnem maul
aus einem kopf
den schon am schopf
der führer führt
dem volk
zum heissbegehrten spott
nur jeder satz dem
du am end als punkt
die kugel setzt
verführt sie noch
dir zuzuhören
TOLLER eher setz ich
an die eigne schläfe
sie & schaff gehör
dem rufen
in meinem kopf für einen
letzten ausdruck der
den anfang macht dem
nachmorgen
TOLLER & TOLLKIRSCH dem ersten gedicht
der tat dem verrat
am leben
TOLLER nur wer nahe
dem tod ist
ist nahe
dem leben
nahe spanien
wie nah bin ich
dem leben

schon
die worte hab
ich aufgebraucht
wie abgestandne luft
im aufzug meiner tage
zurückverlegt
hab ich ins herz
die zelle
die wände sind mir
so vertraut wenn ich
den schlüssel
dreh

er stellt sich auf den stuhl, will sich die schlinge schon um den hals legen, doch hält noch kurz inne. tollkirsch steht direkt vor ihm.

jetzt
dem uhrzeiger
entgegen
am nähestem dem
leben

toller springt vom stuhl, wirft die schlinge tollkirsch um den hals & erhängt ihn mit seinem körpergewicht am seil. dunkel.

Endsirene

Zuckersüss & Leichenbitter

oder: vom kaffee-satz im zucker-stück

Personen: Ein Mann/Das Zuckerstück · Leichenbitter · Die Sängerin · Die Jukebox

Das Stück spielt in einer trostlosen Kneipe (vielleicht die eines abgespielten Theaters), einem Ort, der die Vorhölle sein könnte oder eben nur das altbekannte Siebzigerjahre-café um die Ecke. An einem der Tische sitzt, den Zuschauern zugewandt, der Mann, während Leichenbitter an der verlassenen Theke lehnt; offenbar ein Relikt aus den Glanzzeiten des Cafés. Nun herrscht hier die Leere. Doch in manchen Momenten – z. B. wenn die Sängerin (sie kann der Callas, aber auch Janis Joplin oder etwa Nina Hagen gleichen) auftritt, die als einzige eine Hoffnung auf Rettung zu versprechen scheint – ist es so, als erfüllten Stimmen den Raum, als stimmten sie inmitten der leeren Plastikstühle und verkratzten Tische ein babylonisches Requiem an für den verlassenen Ort und ihre Abwesenheit. Plötzlich tobt wie ein Erinnerungsfetzen für Sekunden Chaos und Punk, doch ehe man es richtig wahrnimmt, haben sich die Stille und Leichenbitter den Raum zurückerobert. Er regiert den imaginären Chor und beobachtet, observiert den Mann. Wie schon sein Name sagt, mit einer Leichenbittermiene. Er trinkt und macht ein gutes Gesicht zum bösen Spiel, wie es seine Aufgabe ist. Er kann der Teufel sein, oder aber nur dessen Barkeeper. Manchmal ist er bedeutungsvoll, dann geht er zu dem alten, abgerissenen Billardtisch in der Tiefe des Raums und bewegt die Restkugeln, als bewege er das Schicksal. Was ihn an dem Mann interessiert, was die beiden miteinander verbindet, ist unklar. Sie scheinen sich zu kennen, reagieren aufeinander und sind einander doch fremd. So fremd und vertraut, wie man sich etwa im Zustand akuter Todesangst und Bedrohung sein kann. Der Mann ist ner-

vös, sichtlich nervös, raucht viel, hat eine Geschichte, die man nur in Bruchstücken erfährt, spricht plötzlich lautstark und dann wieder lautlos vor sich hin, schwankt zwischen entschlossenem Mut und eitler Verzweiflung. Doch er wahrt trotz allem noch, so gut es eben geht, seine Fassung. Denn: Er will nicht erkannt werden, hat etwas zu verbergen. Vielleicht weiss Leichenbitter mehr. Manchmal steht der Mann in seiner Nervosität unvermittelt auf, läuft auf das Publikum zu und wirft die Jukebox an oder auch nicht, steht unentschlossen vor ihr. Auf jeden Fall ist sein Aufstehen und seine Rückkehr zum Tisch von Popsongs begleitet, die teils irritierend aktuell, teils wie Relikte aus der wilden Zeit der beiden Männer scheinen. Dann träumen sie ein wenig. Vielleicht tanzt der Mann dann sogar, vielleicht sogar mit Leichenbitter. Sonst sitzt er nur herum, denkt nach und hört in die brüchige Stille. Eine Stille, die zunächst scheinbar nur ihm und seinem dröhnenden Kopf gehört. Nicht lange. Denn aus seinem Tisch oder aus dem Publikum ihm gegenüber ertönt plötzlich eine Stimme, die seinen Text anders und weiterspricht, sagt, was sie glaubt, zu sagen ist. Sie spricht den Mann direkt an oder aber aus ihm. Und wenn sie aus ihm spricht, ist er ein Zuckerstück. Denn es ist das Zuckerstück, das dann spricht.

MANN *dem Publikum abgewandt, direkt Leichenbitter ansprechend, vielleicht in einem Sessel sitzend oder langsam zu ihm an die Theke kommend. Er illustriert seine Worte ständig mit überflüssigen Gesten, wirkt besoffen, gefangen im Delirium, doch immer wieder unvermittelt völlig klar und hellwach. Vor jedem zweiten Satz nimmt er einen Schluck. Während er zu*

sprechen beginnt, versucht er, unter sichtlichen motorischen Schwierigkeiten, seine Schuhe zu binden.
Die Strasse ging nicht bergab, wie du denkst, und da, wo wir hinwollten, mussten wir einen Berg nach dem nächsten erklimmen, und eines musst du dir merken: Eine Sache von einem Kilo wiegt nach einer Stunde zwei, und nach zwei Stunden wiegt sie vier Kilo, solange, bis du es nicht mehr ertragen kannst. Und dann kamen alle beim Lager an, und dort kriegst du deine Zuteilung an Kugeln, Essen, Ausrüstung, Magazinen, ein kleines Radio, Höhenmesser, Kompaß, Handgranaten und ein paar tolle Sachen für die Topographie, Karten ...
Hör mir doch zu: Als es Nacht wurde, zogen sich die meisten Leute, die durch das, was sie gesehen hatten, nämlich uns, uns hatten sie gesehen, entweder neugierig oder empört in ihre Häuser oder Hotels zurück, diese Scheisstouristen. Sie waren völlig eingeschüchtert, irgendwer hatte das Gerücht gestreut, daß die Armee in der Dunkelheit unsere Positionen angreifen würde, und da haben sie ihre Ärsche zusammengekniffen vor Angst. Auf jeden Fall kam dennoch der eine oder andere Betrunkene vorbei, für den sich Silvester um 24 Stunden verlängert hatte. Sie konnten sich kaum aufrecht halten und fragten uns dauernd, um welche religiöse Prozession es sich denn handle, Prozession, das musst du dir mal vorstellen, denn sie sähen ja hier im Zentralpark so viele ›Indianer‹. Dann gingen sie weiter und diskutierten in ihrem Suff, zu Ehren welcher Jungfrau oder Heiligen die Prozession denn veranstaltet werde. Man hätte sie alle an die Wand stellen sollen,

bis sie sich in die Hosen machten und endlich begriffen, um was es sich hier dreht, hörst du?
Diese Stinker, wollten mich verarschen, von wegen ›Prozession‹. Und meine Kameraden mit ihrer ewigen Geduld und Freundlichkeit. Sollte sie doch kommen, die Armee. ›Prozession‹, ›Jungfrau‹, ›Armee‹, das machte mich ganz fertig, ohne Frage. Und du nanntest mich einen toten Heiligen. Ich habe ihr Komplott gerochen, bin ja kein Idiot, wenn ich auch wie einer aussehen mag. Von wegen Schauspieler: In den höchsten, allerletzten Nöten klammere ich mich an die tierischen Instinkte, störrisch bis auf den Tod, wild, wie du's nicht glauben würdest, gedopt ohne Ende, ich stürz mich in die Schlacht, beisse um mich wie ein Hund und lass sie ihr Blut pissen. Dazu war ich fest entschlossen, und wenn auch noch zwölf Dutzend kämen, hunderttausendmal gerissener als die. Ihre Scheisse würde ich ihnen zu fressen geben, bis sie auf den Knien kriechen, tränenüberströmt. So sieht es aus am Grund der Dinge, das ist der Schrei des Herzens, das eherne Gesetz! Stell dir das mal bildhaft vor. Ohne Furcht vor den Menschen ist der Löwe, der es versteht, in sein Herz zu schauen. Ins Herz. Als es mich traf, hab ich sie gesehen, diese Frau. Auf einem Seil ist sie zu mir balanciert, hat mich bei der Hand genommen und ihre Stimme, ihre Stimme ... – und dann du, du dreckiger Verräter. Spitzelschweine wie du gehören an die Wand. Ich weiss, was ein Spitzel ist, habs am eignen Leib erfahren. Plötzlich liessen sie alle Gefangenen frei, mich ausgenommen. ›Du sagen, du Schriftsteller, Schauspieler‹, haben sie mich angebrüllt, ›wir aber lesen

all deine Schreiben, und die aben keine Sinn. Du nix Schriftsteller, du Spion, Spitzel, und in Mechiko wir erschiessen Spione‹. Ein Spitzel ist jemand, aber was erzähl ich das dir, der den ganzen Tag wie du auf seinem Stuhl sitzt und politische Gefangene dazu anspitzt, sich zu unterhalten, um sie dann anzuschwärzen und ans Messer zu liefern. Wenn er Glück hat, kriegt er als Zuckerchen ein bißchen Unzucht gratis, dann fesseln sie ihm einen netten kleinen Arsch auf den Tisch. Und in einer dieser schönen Nächte haben sie auch versucht, mich zu kastrieren, mir die Eier mit einer Machete abzuschneiden, ohne Erfolg, die Schweine waren zu besoffen, es endete alles in einer völligen Absurdität. Die Aufseher, die mich abschlachten wollten, und ich, wir gingen einfach, das musst du dir mal vorstellen, wir gingen einfach, vom Mescal voll, brüllend in die Nacht hinaus. Sie suchen mich noch immer, diese Nullen. Warum singt sie nicht mehr. Wie ein Schwein hab ich gezittert und tus noch immer, wenn ich daran denke. Ich hab einen selbstmörderischen Beruf gewählt, mein Freund, und dieser Beruf heisst zu verschwinden. Einfach zu verschwinden.

Er hält seine zitternden Hände vors Gesicht. Während er weiterspricht, führt ihn Leichenbitter an den Tisch und drückt ihm, nach seinem letzten Wort, sanft die Augen zu.

Hörst du, he hörst du, da ist sie wieder. Was für eine Wahnsinnsstimme, rot und feurig wie ihr Haar. Sie kommt zurück, ich wusste, sie kommt zurück, kommt zu mir altem Säufer zurück. Seh doch wie meine Hände zittern, wie diese verdammten Hände zittern. Was lachst du so bescheuert. Mir zittern die Hände. Scheisse! Hör auf zu lachen, ich bring dich um, wenn du nicht aufhörst. Lachst mich aus wie einen billigen kleinen Spinner, der seine Revolten in der Zeitung liest, sich Notizen macht und die Toten zählt, seinen Kaffee trinkt und, während er den Zukker rührt, sich vorstellt, wie er hinter der Mauer liegt, hört, wie die Lastwagen in Kolonnen durch die Strassen zittern und die Toten einsammeln wie Konfetti nach dem Karneval, riecht, ja riecht, wie der Rauch sich festsetzt in der Lunge, als hätte er die verbrannten und ausgeschossnen Hülsen statt seinem täglichen Aspirin geschluckt, als wären die Raketen vor seinen Füssen eingeschlagen, hier vor meinen Füssen sind sie eingeschlagen, und hätten nicht den Himmel tapeziert mit ihrem sprühenden, elenden Glück, das ihn einsam macht, diesen Träumer, und lächerlich wie eine Clownsnase vor einer Wand aus Kalk und Blut. Aber ich, ich habe das gesehen, hab das alles gesehen, gerochen, gehört, hier mit diesen Augen hab ich es gesehen, und mir zittern die Hände ... Warum hör ich sie nicht mehr, was ist nur mit meinen Händen los, meiner Stimme, ich krächz ja nur noch, als ob ich aus dem letzten Loch pfeiffen würde. Mir wird schon wieder ganz schwarz vor den Augen, gib mir was zu trinken, bring mir einen Kaffee, sonst kipp ich dir hier um. Mein Leben ist so dunkel wie die Gruft, in der wir begraben liegen, mein Freund. Aber, das kannst du dir ja nicht vorstellen in deinem jungen Spatzenhirn: Wir waren gezwungen zu leben wie ein Maulwurf, ein verdammter kleiner Maulwurf, denn der Maulwurf ist blind. Blind, verstehst du, zu leben wie ein blindes Tier mit einer Handvoll Erde über den Augen, mit einem Lächeln, aus dem die Blumen sprießen, einem Mund, in dem der Maulwurf wohnt und deine Sätze kaut, sie durch die Gräben in sein Erdreich schleift und nichts zurückläßt, außer einem Hügel über deinem Herzen, meinem Herz, meinem verdammten Herzen. Ich habe sie auf einmal nicht mehr gesehen. Konnte sie einfach nicht mehr sehn wie die Freiheit, nur dieses dreckige Schwarz vor den Augen konnte ich sehen, dieses Weiss in den Augen der Toten, das ich nicht mehr vergessen kann, dieses Weiss, weiss wie dieses Zuckerstück ...

STIMME/DAS ZUCKERSTÜCK du trinkst deinen kaffee doch schwarz oder kumpel entschuldige ich wollt dich nicht stören kumpel beruhig dich erst mal wieder ich weiss kumpel so'n zuckerstück wie ich das noch dazu spricht ist dir sicherlich noch nie unter die augen gekommen ich brauch mich doch nicht erst noch vorstellen oder aber ehrlich kumpel du musst mich deshalb nicht gleich durchlöchern die alte pumpe ist eh schon brüchig genug wie 'ne filtertüte sag ich dir in der man jeden morgen neu sein leben aufbrüht schütt dir die schwarze suppe ruhig rein bis ich aus den augen dampf ein bisschen mit den lungen pfeiff es klingt grausam ich weiss der kalk aber keine angst ich werd dir nicht mein herz ausschütten meine tage sind eh gezählt kann sich nur um stunden handeln aber wirklich stell dir mal so 'ne vollkommen schwarze kammer vor so endgültig wie das schwarz von 'ner echten raucherlunge auf deinem persönlichen röntgenbild das sich dein arzt an die wand gepinnt hat ne echte rembrandtkopie der hat 'n auge auf dich & deine kunst kumpel der schaut dir aufs maul & dahinter vorbei an deinen gelben zähnen & rein in die gute stube hallo herr doktor was darfs denn sein der kennt sich aus auf deiner zunge da möcht ich nicht sein kumpel wie auf 'ner mondoberfläche kann ich mir vorstellen siehts da aus aber ohne amerikaner versteht sich die müssen ja auch nicht überall sein auch wenn sie in frieden kommen da setzt du dir schon lieber selbst 'ne zigarette als fahnenmast auf den lappen oder 'nen schuss ins schwarze schaut an unserm mann im mond geht das licht aus blass genug bist du schon kumpel aber du hast recht man muss ja nicht gleich alles so pessimistisch & jenseits der radieschen sehn find ich gut den kaffee mein ich kumpel der schmeckt echt gut ohne alles am besten kumpel wer 'n harter typ ist trinkt das zeug pur wie die nacht & ohne sternschnuppen versteht sich dann stehst du senkrecht kumpel na klar wer sich das zeug so gnadenlos reinschüttet kommt leicht ins gerede wie ich kumpel ich weiss aber sag mal wann kann einer wie ich sonst schon mal sein maul aufreißen ohne nicht gleich 'ne lippe zu riskieren die der nächstbeste typ neben mir mit seinem schlagring küsst & mich zu pulver macht das bringt mich ganz schön aus der fassung kumpel aber nein bei dir da habe ich keine angst aber du hörst mir doch zu oder für zerstreuung zu sorgen ist so ganz meine sache nicht kumpel ich weiss aber ich denk mir so ganz naiv wie ich bin du trinkst rauchst & läufst rum wie einer der zwar ein kreuz wie 'nen schrank hat aber doch noch alle tassen drin verzeih ich mein ich wollt dir keine schublade verpassen sonst verpasst du mir am schluss noch eine & ich sitz in der klemme & habs wieder mal verpatzt wirklich kumpel ich wollt dir nicht zu nah treten komm wir sitzen einfach hier zusammen du trinkst deinen kaffee ich weiss gar nicht mehr wieviel ich heut schon hinter mir hab & wir unterhalten uns ein bisschen das brauch ich einfach *(im Hintergrund könnte man die Sängerin Coloraturen üben hören)* & vielleicht ein bisschen musik die callas z. b. wenn keiner mit mir reden will & ich allzu allein bin zwischen meinen vier wänden aber was erzähl ich dir das eigentlich wer trinkt schon gern allein zuhaus mensch du zitterst ja pass auf sonst verschüttest du noch deinen kaffee

Auf dem Gesicht des Mannes zeichnet sich ein Konflikt ab, er hält in seinem obsessiven Sprechen inne und lauscht dem geheimnisvollen Gesang der Sängerin, den vielleicht nur er hört. Er scheint aus seiner Wahnidee zu erwachen, findet seine eigene Stimme wieder. Doch Leichenbitter, der dies erschrocken realisiert, versucht, ihn sofort wieder in seinem Bann zu begraben.

zitterst ja wie ich kumpel während ich mich hier um mein leben rede & du dich ausschweigst mir nicht antwortest warum auch mit verlierern spricht man nicht man setzt ihnen die waffe an die schläfen & hört gespannt mit dem abzugsfinger zu was die angst für purzelbäume auf den worten schlägt da wird jeder zum dadaisten & man ist doch ganz ohr für diese neuen töne schliesslich ist jeder mensch ein künstler man muss es nur aus ihm rausholen ihn ein wenig motivieren was nimmt man heutzutage nicht alles auf sich nur um die kunst zu fördern auch ein mord ist doch ein kunstwerk oder nicht zumindest das theater der opfer ist authentisch wie kein anderes & schauspieler gibts genügend dafür auf der strasse in jedem café sitzen sie zu dutzenden rum für eine stunde lang kannst du mit ihnen machen was du willst wenn deine persönlichkeit ausreichend durchschlagskraft hat & hier dreht sichs ja nur um millimeter aber länger als eine Stunde spricht keiner irgendwann dreht er durch oder kippt wie abgestochen um dann hast du was falsch gemacht lass ihn einfach kommen vorschläge machen wie er sich denn zu retten gedenkt hör ihm einfach nur zu & wenns nicht lustig ist dann lässt man sich zur entspannung ein bisschen einschläfern von ihrem sing sang bis man dann urplötzlich aus dem traum aufschreckt & abdrückt ciao das wars dann sorry das ist ein spiel wie tausend & eine nacht ein modernes märchen mit blut in den schuhen & 'ner schreckschusspistole im mund wenn einer einen besonders ausgeprägten humor hat & alles einfach zum platzen komisch findet ich klag dich nicht an versteh mich nicht falsch ich richt mich aufs sterben ein & will dabei nochmal 'ne gute show abliefern wenns auch absurd ist ich weiss ich habe keine angst vor 'ner pistole das ist nicht mein problem viel mehr ists mir ein problem dir von den lippen abzulesen was du im nächsten moment unternehmen wirst & wie ich reagieren muss das ist wie ping pong & ich kann nicht auf defensiv spielen denn wenn du mich einmal in den griff bekommst ists aus mit mir du ahnst es angriff ist die beste verteidigung vor allem wenn man nichts zum angreifen hat nur ein leben das schnell verspielt ist noch ehe man den ersten satz gewonnen hat bitte lass mich ein bisschen luft holen bevor es losgeht nimm das ding das ich bin aus der hand lass mich dich ein wenig beobachten wir wollen doch fair zueinander sein ich möchte doch erstmal wissen wer das ist der nicht genug kriegen kann & seinen mund so voll nimmt ohne ein wort zu sagen du lässt mich für dich sprechen na ja lieber dein sprachrohr sein als in deiner luftröhre obwohl dann hätt ich zumindest 'ne kleine chance dass auch dir der atem stockt & die spucke einmal fehlt du musst jetzt nicht nervös werden & mir wieder gleich zu nah kommen es gibt spielregeln deine besteht darin sie zu brechen also halten wir uns dran dein haar gefällt mir wie es gerade so als wäre es mit zukker gestärkt auf deiner kopfhaut steht ein blondes stechgras das zum himmel stürmt die wolken aufzuschlitzen die ihm die sonne stahlen nein du bist kein sonniges gemüt eher liegt ein schatten über deiner stirn ein abgrund in den falten der tief blicken lässt wenn du's auch verbergen möchtest du bist ein unglücklicher mensch unglücklich wie ich dich hat das schicksal wie eine niete gezogen das ist auch mein los ich denke wir könnten uns verstehen deine augen rollen wie eine kugel im roulette doch deine zahl kommt nicht mehr rien ne va plus das rot in deinen augen sagt es dir jeden tag vor dem spiegel nichts geht mehr & selbst die tabletten helfen da nicht du bist ein killer hat dir der typ im camp gesagt sie haben den test bestanden wir zählen auf sie ein leben zählt nicht mehr ab jetzt & du bist sicher gegangen ohne ihm nochmal in die augen zu schauen & hast das spiel gespielt doch nach deinem spielplan wie viele hast du schon auf deinem gewissen & alle sind sie wieder aufgestanden haben mit dir getrunken & dir einen schönen abend gewünscht bis du ihnen am nächsten abend dann wieder an die gurgel bist das ganze theater killt mich hast du gesagt noch gestern & heute möchtest du's endlich mal vom leben wissen eine bühne auf der der whiskey nicht der kalte tee vom frühstück ist & nicht die patronen sondern alles um dich herum platzt das blut das fliesst nicht aus der dose kommt sondern so wirklich ist wie die entsetzten augen dessen den's getroffen hat & der die hand in seine wunde legt & es nicht fassen kann dass du ernst gemacht hast dass dein ausbilder recht hatte aber alle dachten du seist unschuldig kein motiv jemand hat die waffen vertauscht es hätte auch dich treffen können endlich einmal nicht mehr nur 'ne maske sein hast du dir gedacht & jetzt jetzt kumpel hast du angst hast angst wie ich doch ich ich soll sie ausbaden für dich & du du weisst nicht ob du nicht einfach weitermachen sollst das alles zu ende bringen sollst wie es in den filmen zu ende ging in denen du gestorben bist wieder mal & nicht mal schlecht das hat viele hier an meinem tisch zu tränen gerührt glaub mir das & jetzt was passiert jetzt du willst verschwinden ich weiss möchtest dich am liebsten auflösen das kenn ich nur habe ich dabei etwas andere gefühle als du glaub mir du zitterst ja wieder trink lieber noch einen kaffee alles wird leichter dann man sieht die dinge klarer & weiss was zu machen ist es ist besser hier zu sein als zuhause wo sie kommen werden um dich auszufragen bleib lieber hier zuhause kann dir der kaffee gar nicht bekommen glaub mir komm lach mal wieder einmal nur für mich schau mich an mir gehts hier ans eingemachte & ich spiel noch den clown für dich aber bitte kumpel ich spiel gern den clown für dich glaub mir das kann ich ganz gut he kumpel lach doch mal 'n trübes gesicht kann der da drüben machen & noch viel besser als du lass das lieber das steht dir nicht trink lieber deinen kaffee so einen kannst du dir zuhause sicher nicht aufbrühen & du bist doch auch so ne kaffeehaut & siehst so aus & wo der kaffee wächst da wachsen auch helden aus dem boden ganz wie du & holen sich den mehrwert ab an blei für eine kugel mehr in einem schönen kopf halte dich lieber an etwas handfestes & leg die hand fest an den griff der wundertüte hier denn so ein echter schwarzer guss muss schon aus 'ner echten scheissimperialistischen luxusmaschine kommen kumpel & so 'ne maschine kommt einem ja nicht mir nichts dir nichts in die küche höchstens 'ne bedienung kumpel kommt da freihaus diese winzigen hobbybohnenbrühteile & filtermaschinchen die heut schon in jeder bude stehen haben einfach nicht genügend saft du fährst ja auch nicht 'n matchboxauto nur weils in dein wohnzimmer passt nein so 'n klassischer kaffee der muss aus 'ner maschine kommen die exakt aussieht wie der kühler von 'nem chevy sehn ja oft auch so aus da seh ich rot kumpel wenn so 'n teil den geist aufgibt ziehn die einen glatt durch den kakao wenn du nach pulver fragst da hast du nicht die bohne 'ne chance & alles ist plötzlich 'n dreckiges glücksspiel aber die karre hier ist ok mein einarmiger bandit wenn du so willst ein echter schwarzer killer kumpel der ist jede münze wert die du auf ihn setzt natürlich setz ich auf dich kumpel & die kleine nachtigall draussen die dein glück in ihre hand nimmt & dampf macht bis drei volle tassen vor deinen verblüfften augen stehn & die kasse klingelt meistens stehn hier drei davon rum aber du musst mich deshalb nicht für 'nen verrückten oder selbstmörder halten kumpel nur weil hier vor mir noch drei fast volle cups rumstehn ich bin ein glückskind kumpel ich kann einfach nur gewinnen jeden tag versuch ichs aufs neue aber das ist fast schon alter kaffee kumpel wenn du wirklich einmal was vom leben & mir erfahren möchtest dann schau in die drei tassen hier rein dreimal 'ne heisse story & dreimal nur kaffee einer mit milch aber ohne zucker der andre schwarz nichts als schwarz & der dritte schwarz & mit zucker mit zucker das hab ich im blut kumpel so ist das leben glaub mir so ist es das ist echt ganz normal & also nichts als konsequent dass hier drei kaffee vor mir rumstehen also beruhig dich beruhig dich kumpel du nimmst ja schliesslich auch 'n käse & schinkensandwich & läßt dirs auf einem teller servieren beisst mal hier & mal da ganz wies dir am besten schmeckt also alles ganz normal kumpel wenns anders wär könnt ich eh' nicht mehr bis drei zählen & so läufts doch für mich kumpel oder lieber 'ne suppenküche vor den löffeln als dass die kleine am fliessband läuft den ganzen tag & du nichts zwischen die zähne bekämst geschweige denn die rechnung wenn du gehen willst bleib doch oder gehst du nur pinkeln der kaffee ich weiss komm bleib noch auf 'ne tasse schwarz nicht ohne alles bleib bitte kumpel man trifft nicht oft jemand der einen versteht & genauso denkt wenn du's auch nicht genauso gesagt hast aber das denk ich mir das seh ich daran wie du deinen kaffee trinkst einer geht noch komm ich möcht doch sehn wie du die dinge siehst hoffentlich so schwarz wie ich wenn ich wie in trance in den kaffee starre du erinnerst dich der zweite von den dreien schwarz nichts als schwarz der kaffee ist quasi mein leben je nachdem mal seh ich die welt etwas milchig geb ich zu & dann wieder ich wills kaum glauben zuckersüss aber meistens schwarz es ist hat mir einer erzählt wie auf dem highway mann immer musst du auf die mitte schauen die kiste auf dem streifen halten & links & rechts zieht das leben vorbei mal verschwommen & unscharf eben wie hinter 'nem milchglas weil du müde bist & nichts mehr sehn willst manchmal dagegen ist es sonnenklar wenn so 'ne süsse an der ampel steht & dir nicht nur die sinne schärft dann ist das leben zucker kumpel & es zergeht auf der zunge du kannst gar nicht genug davon kriegen & alles in dir schaltet schon um auf grün frühlingserwachen kumpel aber das heisst fuss aufs gas kumpel weil hinter dir schon die meute hupt bis dir ganz schwarz vor den augen wird & du weiter musst ab durch die mitte pah so ein arsch das leben kumpel ist verdammt nochmal nichts andres als roulette &

keine russische schokolade ach ja du fragst dich bestimmt noch immer warum ich rembrandt kenn man hört eben wie du gemerkt hast so einiges kaffee süss wie das leben z. b. so ein scheiss ich kann dir gar nicht sagen kumpel was das für 'ne horrorshow ist wenn man hier den ganzen tag so saftlos rumhängt wie ich & sich reinziehen muss was die leute um einen alles zum besten geben

MANN Rembrandt. *Leichenbitter erkennt sofort – und für seine Verhältnisse fast panisch –, dass er einen Fehler gemacht hat und den Mann in seiner eigenen Sprache sprechen hat lassen, korrigiert, und versetzt die Stimme des Mannes zurück in den Sing-Sang-Song des Zuckerstücks.*

STIMME – rembrandt z. b. du kennst ihn doch dieses gesicht das nicht aufhört zu veschwinden diese letzte trauer vor der gewissheit eines letzten hintergrunds einem leinen das dich endlich ins schwarz der striche holt die alles verloren haben bis auf den tod aber du kennst ihn doch diesen dunkelmann der das licht deiner augen verliert wenn du seine hoffnungslosigkeit goutierst du kennst ihn doch das sieht man dir an wie du deinen anzug trägst kumpel das hat stil das passt zu dir das ist dir auf den leib geschnitten ehrlich da bin ich nur 'n eckiger klotz dagegen bei dir sitzt jede bügelfalte messerscharf dafür hab ich 'nen blick da möcht ich nicht über die klinge springen da gehn einem die augen über glaub mir so einen wie dich sieht man hier nicht alle tage das ist schon 'ne kunst so rumzulaufen wie du da denkt sich jede gleich das ist er wien fahndungsfoto haben die dich bestimmt schon im kopf da stichst du alle aus da bist du schlimmer als die polizei erlaubt kumpel wien steckbrief tragen die dich im herzen muss dir doch 'n tödliches vergnügen bereiten wie die der reihe nach umfallen wenn sie dich & dein ding aus der nähe sehn da setzt einem glatt der herzschlag aus von einem wie dir kumpel lässt man sich eben gern sein seelchen massieren von deinen kräftigen händen & immer den finger am abzug du bist mir 'n echtes kaliber kumpel das geht nicht nach hinten los da kann man sich nur flachlegen & beten dass es einen nicht allzu schwer trifft & man den geist aufgibt angesichts deiner einschlagenden qualitäten du bist da ganz trocken kumpel das schätz ich an dir da brauchts keine süssen worte drumrum kein zuckerguss knallhart so einer wie du fragt nicht erst lang kumpel das ist gut so du bist klar wie eine eins aber was erzähl ich dir eigentlich ich langweil dich oder bleib doch sitzen

du willst doch nicht schon wieder davonlaufen dich von einer ecke in die andre verkriechen um dann aus der tiefe des raums deinen grossen auftritt zu planen sire geben sie gedankenfreiheit ein jeder kopf soll frei von seinen schultern sein ich habe das meinige getan tut ihr das eure starke posen für einen der wenn er sich umbringen will kaum den gürtel öffnen kann ohne sich dabei zu verletzen warum bist du nur so nervös so zerfahren als würdest du unter den rädern liegen sie kommen nicht vertraue mir sie werden dich hier nicht finden oder hörst du schon die reifen quietschen & siehst sie in der türe stehen die waffen im anschlag keine bewegung beine breit hände an die wand wirds bald du hast solange du bei mir sitzt wenn schon keine weisse so doch 'ne kugelsichere weste glaub mir auch wenn du denken magst dein kleines herz sei nurmehr der infrarotpunkt des scharfschützen der auf dem dach gegenüber nur darauf wartet dass du aus der rolle kippst wir spielen das hier zu ende bis der vorhang fällt & wenns der eiserne ist & deine worte dir wie blei im magen liegen was willst du ihnen schon erzählen sie werden dich immer dasselbe fragen jeden abend werden sie zu dir kommen & dich immer wieder dasselbe fragen wie du jeden abend immer wieder dasselbe gesagt hast & dich dabei ganz um dich selbst anstatt einfach umgebracht hast umgebracht hast du nur den andern aber ich weiss ich ist für euch ja immer der andere ich glaub mein freund du hast das etwas zu wörtlich genommen besser du hättest dir das leben genommen wie du's mir bald nehmen wirst klar ich bin selbst daran schuld weil ich statt hier 'ne ruhige kugel die schuld dir in die schuhe schiebe aber deine schuld interessiert mich nicht solang sie mich nicht berührt wie du mich berührst mit deinen gehetzten augen deinen blicken die wie ein amokläufer den raum stürmen um sich dann doch in sich selbst zu begraben & wie besoffen in den tod zu schauen nein sie können es nicht begreifen das blut das an den händen klebt & eine zukunft malt die schon keine mehr ist gern gäbe ich dir eine zukunft wenn du sie dir nicht selbst nehmen würdest mit diesem traurigen gesicht das auffälliger ist als jede leiche weine nicht bitte weine nicht weine nicht mein letzter mohikaner soll ich dir ein liedchen singen ich mag dich ich bin doch dein clown vergiss das nicht nimm mich nicht so bitter ernst deine tränen machen mich ganz weich bitte lach für mich & ich lach für dich kumpel wir wollen doch fröhlich sein dass niemand merkt wie traurig wir doch sind lass dich nicht so gehen aber nein nein bleib doch sitzen

Stille.

du musst doch nicht schon wieder davonrennen gerade jetzt wo es wenn auch etwas sentimental so doch richtig spannend wird nein bitte lass die jukebox gegen den lärm komm ich doch nicht an so laut kann ich doch nicht schrein echt nein scheisse …

Der Mann schreit lautlos, mit fast mechanisch wirkenden Mundbewegungen gegen die Musik an.

diese blöden bässe bringen mich ganz aus dem konzept das haut einen hin & her das ist ja echt zum schlechtwerden scheissbeat & wieder alles von vorne immer wieder he kumpel he kumpel komm kumpel he hörst du mich überhaupt na ja was solls komm lass uns wieder über frauen reden ich weiss das tust du schon viel lieber das gefällt dir doch ja ja ich seh doch wie du ihnen unter die röcke gaffst oder tust du nur so ob du nur so tust habe ich dich gefragt ah jetzt komm ich wieder zu stimme na siehst du geht doch jetzt versteh ich mich wieder endlich auf ein wort kumpel ich bewundre dich echt

Hier könnte die Sängerin auftreten und den Raum wie ein klingender Traumkörper durchqueren; der Mann verfolgt sie gebannt, ringt um seine Sprache.

aber unter uns das hast du nicht nötig diesen blick als ob du an jedem hintern wie an einem magnet mit deinen amoraugen kleben würdest das hast du wirklich nicht nötig denn du du verstehst dich doch wie kein andrer sonst darauf die frauen zu verführen da musst du dich jetzt plötzlich nicht so verausgaben jetzt glotz doch da nicht immer hin bleib ganz ruhig & alles läuft von selbst verlass dich ganz auf mich ich weiss doch dass du ein künstler bist wie ich einer bin mit meiner hart erkämpften kunst nicht gleich den löffel abzugeben nur weil die blöde schüssel vor mir wieder mal leer ist & der kaffeesatz über mein leben entscheidet ich mein wies weitergeht damit da ist echt was dran oft ists einfach wirklich so wenn ich so in die leere starre wie du & die leichen vor mir seh dass ich mir nur noch vorkomme wie 'ne klebrige masse urschlamm aus dem wir doch alle kommen oder interessiert dich das nicht nein ich bin nicht abergläubisch glaub das nicht kumpel aber ich kann dir dein schicksal aus den kleinen schwarzen pupillen lesen & ihrem satz am grund weil sie so verlassen auf deinen augenrändern stehn so einfach ists trink aus & du hast eine zukunft kumpel einfach runterschlucken das zeug oder soll ich dir das schwarz aus deinen augen saugen ich nehm das auf mich echt ich mag dich verzeih nein so hab ichs nicht gemeint du kannst mir doch nicht einfach so auf die brust nur weil ich nein komm leg mich leg das aus der hand ich weiss so ein kleines stückchen leben ist für dich nur eben so ein zuckerschlecken aber ich würd gern noch 'n bisschen trocken bleiben verstehst du komm beruhig dich doch denk doch mal nach so süss bin ich doch gar nicht als dass es die zahnschmerzen lohnen würde den zahn kannst du dir echt ziehn glaub mir komm lass den kelch an mir vorübergehen bitte kumpel ich bin doch 'n heiliger wie du & die rührt man nicht an glaub mir das kann ganz schön den ganges runtergehen aber nein nein ich bin doch deshalb nicht gleich so ein zuckerhutguru echt du wirst doch mal 'n spass verstehn du wir verstehn uns doch oder ich wäre hier doch der letzte der dir irgend etwas in den mund legen würde das kannst du mir ruhig glauben kumpel bleib doch bitte bleib ich halt auch meine schnauze wenn du's auch tust oder willst du mir etwas sagen bitte ich versteh dich nicht was meinst du sprich doch etwas lauter nur ein bisschen ich will doch hören was dir auf der seele brennt endlich ein wort von dir hören

Die Sängerin fängt leise zu summen an, worauf der Mann, allmählich sich selbst wiederfindend, ihrem Lockruf folgt. Seine Zuckerstimme zerfällt zunehmend zum brüchigen Slang und Raunen seiner Originalstimme.

was was stehst du schon wieder auf nein lass doch die jukebox in ruh ich kann dir doch auch 'n lied singen oder wir singen zusammen ist doch nicht schlecht oder aber wenns dir nicht gut genug ist von mir aus scheisse …

SÄNGERIN Als die Welt noch schlief und nicht erwachen wollte, versammelten sich die großen Götter, um ihre Arbeit abzusprechen. Und so einigten sie sich darauf, Erde, Männer und Frauen zu erschaffen. In ihrer Mehrheit waren die Götter der Meinung, daß dies ihre Aufgabe sein sollte, das Erschaffen von Erde und Menschheit. Sie nahmen sich vor, die Menschen besonders schön und hart zu machen. Und die ersten Menschen, die sie erschufen, waren aus Gold.
Die Götter waren sehr zufrieden mit den Goldmenschen, denn sie waren glänzend und stark. Aber bald bemerkten sie, daß sich diese Menschen nicht bewegten, nie liefen oder arbeiteten sie, denn sie waren viel zu schwer. Die Götter versammelten sich erneut, um über eine Lösung dieses Problems zu beraten. Sie kamen überein, eine andere Art Mensch zu erschaffen, dieses Mal aus Holz.
Die Haut dieser neuen Menschen war holzfarben. Sie arbeiteten und wanderten viel. Und wieder waren die Götter zufrieden. Gerade als sie begannen, richtig glücklich über ihre Entscheidung zu sein, wurde ihnen aber klar, daß die Goldmenschen die Holzmenschen zwangen, sie zu tragen und für sie zu arbeiten. Jetzt sahen die Götter, daß sie einen grossen Fehler gemacht hatten, und wieder mußten sie eine Lösung finden. Sie kamen zu dem Schluß, Menschen aus Mais zu erschaffen. Die Götter legten sich daraufhin zum Schlafen nieder und überließen es den Maismenschen, die Situation auf der Erde zu verbessern.

Der Mann will der Sängerin folgen, mit ihr, unter ihrem Schutz, den Ort der Folter fliehen. Doch sie blickt sich um, als Leichenbitter plötzlich mit der Stimme des Zukkerstücks zu hören ist, und verwandelt sich in diesem Moment in die Gestalt Leichenbitters, bei dem der Mann zu verharren verdammt bleibt.

STIMME das war eindeutig schade wirklich aber gut wenn du es so willst kennen wir uns einfach nicht du hier ich da ok aber bitte lass deine finger von mir eh du bist doch nicht ich mein du verstehst mich doch ich mein macht nichts keine angst ich werd dich deshalb nicht gleich um 'n zimmer für die nacht anhaun ich häng hier eh rum bis sie mich vom tisch holen & am nächsten morgen bin ich der erste der wieder auf seinem platz hockt & auf den kaffee wartet das ist so etwas wie bestimmung oder vorsehung glaub mir kumpel ich leb quasi hier für eine bestimmte zeit natürlich nur aber jetzt lebe ich hier ich brauch kein zimmer ehrlich vielleicht nimmst du mich mit man trinkt einen kaffee bei dir zuhause & dann dann endet es wie es immer endet & ich verlier völlig die fassung & kann mich an nichts mehr erinnern schon bevor du mit deiner zunge rankommst dir bleibt vielleicht zumindest noch 'n übler nachgeschmack wie nach 'ner schlechten flasche whiskey den du mit deiner verzweiflung allein leerst am nächsten tresen aber mir mir bleibt nichts davon fehlanzeige kumpel so 'ne kantige type wie ich auch bin aber danach da kannst du mich einfach vergessen & hast mich schon vergessen noch ehe du daran denkst dass hier was abging dir geht einfach radikal nichts ab danach kumpel & so gehst du schon gleich wieder ins nächstbeste café bei dir um die ecke wo garantiert wieder jemand wie ich dir gegenüber auf dem tisch liegt & dir seine abgeschmackten geschichten unter die nase hält als müsst er seinen hals & kragen retten wir bleiben lieber hier & kürzen das ab glaub mir das ist besser so ich mags hier ist zwar nicht so viel blei in der luft hier sonst aber das haut mich auch nicht um oder kumpel ich lauf noch unter bleifrei andre habens da schwerer als ich & ihren teil zu tragen glaub mir & du du bist doch 'n knallharter schütze oder mensch das seh ich dir an du wirst es nicht glauben aber das verbindet uns ich hab exakt das gleiche päckchen mit mir rumzutragen wie du echt das kannst du mir fast von der haut ablesen lang ruhig mal hier hin ja du darfst komm mach ruhig kein problem kumpel da bin ich nicht empfindlich wenn du mir nicht gleich alles vom leib reisst & mich zu brei machst dabei da siehst du's kumpel schwarz auf weiss eigensinnig aber offenherzig 'n dickschädel aber freigiebig du siehst kumpel wir sitzen in einem boot wir verstehn uns doch oder wir müssens was für ein zufall du bist doch tatsächlich 'n echter schütze oder geworden das seh ich ganz scharf kumpel aber was erzähl ich dir das das weiss ja doch keiner besser & treffsicherer als du was willst du jetzt schon wieder gehen jetzt wo wir so 'ne schöne gemeinsamkeit entdeckt haben ich hätt gedacht das steigert etwas dein interesse an mir war wohl eher 'n fehlalarm wies mir scheint sind wir wieder auf der flucht oder da kann ein mann so richtig beweisen was in ihm steckt wenn ihn die meute schon am rockzipfel hat & die hunde sich auf ihr mittagessen freuen dann heisst es cool bleiben mann ihr sucht doch nicht mich oder ich bin gerade hier um die ecke gebogen wenn ihr mich noch erwischen wollt dann müsst ihr jetzt aber ganz schön die kurve kratzen also mal los keine ursache hab euch gern geholfen ich sag ja immer ich steh auf der seite des gesetzes wenns auch zum davonlaufen ist kleiner scherz am rande bitte also bis zum nächsten mal jetzt aber 'nen gang zulegen freunde bitte bitte nichts zu danken & tschüss du hast doch nicht etwa grad gelacht schön dass du dableibst aber dass du mich immer zuerst so missverstehen musst musst du gar nicht denn eigentlich eigentlich verstehn wir uns ja auch selbst ohne ein auge füreinander zu haben was schaust du mich deshalb jetzt gleich wieder so an ich mein wir verstehn uns doch fast blind oder oder vielleicht verstehn wir uns ja blind sogar am besten mir wird eh in letzter zeit so leicht schwarz vor augen der viele kaffee kumpel der bringt mich noch um ich hoffe du weisst was ich damit sagen will der bringt mich noch um das musst du dir mal auf der zunge zergehen lassen das stösst mir ganz schön bitter auf wenn ich das so selbstmörderisch sag 'ne echt bittre geschichte ist das mit dem kaffee der eine kann ihn in aller ruhe einfach kosten & den andren kostets schlicht das leben nein ich mein das nicht politisch eher so rein persönlich denn dann fängt für mich die dritte welt an aber nein das verstehst du nicht aber jetzt hau doch nicht gleich wieder ab nur weil ich 'n bisschen esoterisch & verbittert bin das ist 'ne berufskrankheit kumpel glaub mir das musst du nicht ernst nehmen wenns mir auch verdammt ernst damit ist dieses süsse leben ist für mich einfach der tod kumpel & selbst der soll süss sein hab ich gehört das überleb ich nicht du ehrlich manchmal träum ich schon fast wie ein junkie auf entzug richtig süchtig bin ich dann nach etwas zyankali dass das einer mal für mich in die hand nimmt & mir eintropft von mir aus auch mit 'nem schluck kaffee zusammen wär das nicht schön das würde wenigstens nach mandeln schmekken hat man mir gesagt & nicht so beschissen süss wie das leben du siehst ich komm einfach nicht los davon von diesem scheiss nein nein keine angst ich bin nicht auch noch so 'n armes selbstmörderschwein aber ich möchte nur nicht wie jeder andere hier auch in die grube fallen & mir einfach meine eingeweide aufweichen lassen dann schon lieber mit mandelgeschmack aber noch ist ja alles in bester ordnung & wir freuen uns beide des lebens kumpel vergiss das wenn ich so gallig über die dinge herzieh bin schon 'n bisschen abgestanden heute aber das kriegen wir wieder hin kumpel echt verlass dich auf mich ja wirf ruhig noch mal die scheiss jukebox an das rüttelt mich vielleicht wieder etwas auf ja ja kommt gut der bass echt da komm ich so richtig in die gänge du wohl auch kumpel das schleudert einen aus der lethargie dich wohl auch oder he jetzt tanzt der sogar reichlich mut der typ den haftbefehl in der hosentasche & schwingt hier noch ne heisse hüfte respekt he das ist doch nicht police oder nein nein vergiss es war nur 'n dummer witz überfällt mich manchmal so

Der Mann geht zur Jukebox. Seine Glieder bewegen sich wie fremdbestimmt. Er stolpert, fällt über seine Schnür-

senkel, bindet sie nun mit fast stoischer Geduld, doch unter grössten Schwierigkeiten.

na hat's spass gemacht aber apropos witz scheisse sie kommen hau ab leg dich auf den boden schnell sie sind schon an der tür jetzt mach doch was schnell die pistole … ha reingelegt war doch überzeugend nicht was schaust du gleich so getroffen nur weil ich dich etwas in panik versetzt habe nur 'ne ernstfallprobe kumpel nichts weiter wir müssen uns doch auf das endspiel vorbereiten nicht jetzt kennst du dich wohl überhaupt nicht mehr aus mit mir was ist das eigentlich für eine seltsame erscheinung wirst du dir denken mir scheint du hast angst vor mir fast ist mir so als hätte ich dich in der hand & nicht du mich wies wirklich ist ich bin dir ungeheuer nicht vielleicht bin ich sogar ein besserer schauspieler als du wer weiss vielleicht bin ich auch der den du erschossen hast & friste hier mein zweites leben & warte nur darauf dass du es nochmals löschst & habe wenn schon nichts andres so doch zumindest meinen teuflischen spass daran dir's schwerzumachen ein wenig dein gewissen zu quälen dir etwas die sinne zu verwirren & vielleicht verwechselst du uns dann am ende noch & dir gehts wie mir wir hängen beide über der gleichen sehnsucht & der eine zieht den andern mit in seinen abgrund damit er nicht alleine ist ich weiss es sieht auf den ersten blick nicht gerade danach aus du versuchst mich einfach zu ignorieren dich ekelt ein wenig vor mir das zieht das ganze etwas in die länge oder ist es doch mein bescheidenes talent dich ein wenig zu erfreuen &

abzulenken ja ich will dich erfreuen ich lieb dich lieb dich wie man seinen mörder liebt wie du dich selbst liebst solange bis du nicht mehr weisst wer & wo du bist aber weisst du das überhaupt noch es ist doch ganz modern nicht zu wissen wer man ist & am ende

MANN Ist man dann ein Zuckerstück, ein süsser Gedanke.

STIMME & das aus meinem mund na ja du weisst ja irgendwann ist man soweit dass man sich in diesem wahnsinn aus allen rollen eine zusammenwürfelt & zu allem unglück noch ich dazu sagt & ein mann aus worten ist wie du mein freund aber wir wollen das jetzt nicht vertiefen du schluckst mir eh schon etwas zu hektisch & dann triffts uns doch noch bevor sie kommen & den laden hier dichtmachen aber lass uns die zeit bis dahin doch lieber mit etwas lustigerem vertreiben wir machen hier einfach einen schnitt & du vergisst was ich dir gesagt habe auch gut wirf erst mal die jukebox an

Der Mann verschwindet plötzlich. Auch Leichenbitter ist für einen Moment nicht zu sehen. Stille.

kumpel schön dass du wieder da bist alles in ordnung glaub mir ich hab da echt 'nen guten witz auf lager also nein ist einfach zu laut hier ich wart bis der song aus ist … also jetzt also hörst du mir zu du musst schon deine ohren aufsperren wenn ich dir 'nen witz erzähl kumpel mach ich nicht alle tage kumpel das mach ich nur für dich kumpel glaub mir bin sonst nicht grad 'ne frohnatur aber das hast du ja selbst schon gemerkt also pass auf der moses & jesus der superstar hocken im himmel auf irgendner irren wolke & langweilen sich sieht ziemlich mürrisch aus der alte moses muss ihm irgendwas über die leber gelaufen sein sieht ziemlich nach entzug aus der alte während jesus wohl immer noch auf 'nem geilen trip ist & glücklich in den äther grinst aber vielleicht ist der ja auch überhaupt generell so drauf moses auf jeden fall ist es nicht ganz & gar nicht du stell dir mal vor die sitzen da hängen da so rum & dauernd macht er seinen kumpel an er soll doch endlich den mohammed rufen du weisst schon welchen & jesus also geht das dann doch allmählich aber sicher auf seine entspannten nerven & er gibt ihm echt ganz cool & nicht mehr ganz so himmlisch freundlich zu verstehen dass ihn der jetzt gerade überhaupt nicht interessieren würde aber moses gibt nicht auf wird immer noch stinkiger & spricht nicht gerade mit engelszungen steht ziemlich schlimm um ihn wie's aussieht dieser ganze manna- & sonnengeflechtscheiss ging ihm ziemlich am arsch vorbei wenn jesus verstehe was er meine & er solle jetzt endlich von seiner wolke runterschweben & ihm den schwarzen an land ziehen jetzt mach schon & er ist echt sauer dass der alte oben unbedingt auf diesen jungen sponti setzen musste diesen antiautoritären schnösel der immer gleich in die luft geht wenn man ihn um was anhaut also bitte jesus ich hab da echt kein verständnis für mir wird die luft hier wirklich zu dünn wenn das so weitergeht das ist doch 'n verdammtes kreuz mit dem denkt er sich & will schon leine ziehn als jesus dann ganz unerwartet mohammed mohammed zu säuseln beginnt kaum dass das 'n normaler mensch wie du hören könnte & prompt du wirst es kaum glauben steht doch glatt der typ von mohammed auch schon in der tür ihr habt mich gerufen & jesus schickt ihn gleich zu moses rüber ja bitte aber der kann sich schon kaum mehr halten & brüllt ihn an na was wohl zwei kaffee mohammed ist doch saukomisch oder nicht kumpel he warum lachst du nicht he der war nicht rassistisch der witz kumpel bleib doch sitzen immer die gleiche scheisse mit dir echt mensch das war doch nur 'n witz nichts weiter kumpel hat neulich 'n typ hier erzählt habn alle gelacht wie blöd war 'ne ganz bunte mischung hier am tisch also ich bitt dich sei doch nicht gleich so empfindlich glaub mir du he jetzt glaub doch was musst du gleich so humorlos sein kumpel nur weil ich dich mal zum lachen bringen will weil deine schmollwinkel schon die tischdecke durchbohren das ist echt traurig kumpel so live mitansehen zu müssen wie du dich durch den abend quälst

Der Mann spielt mit seiner Pistole und gegen sich selbst Russisches Roulette. Er spannt das Zuckerstück zwischen die Pistolenmündung und seine Schläfe. Legt es dann später wieder zurück auf den Tisch.

he was hast du eigentlich vor das ist ja echt tödlich mit dir kannst dich ja auch zuhause umbringen oder nein jetzt komm schon nicht schon wieder die gleiche show nein komm bleib du langweilst mich aber nein doch nicht wirklich sagt man so eher langweil ich dich lachst ja nicht mal über 'nen witz von mir das ist echt zum lachen kumpel dass du so ernst bist so tödlich ernst kumpel versteh schon warum den andern gleich das lachen vergeht wenn sie dich so sehn oder bist du immer noch sauer auf mich wegen diesem blöden joke am ende bist du noch 'n fundamentalist & machst mich alle deswegen ich seh schon du hast 'ne nervöse hand kumpel sehr nervös mensch kumpel wie oft soll ichs dir noch sagen ich bin nicht eins von diese arroganten weissen arschlöchern die glauben dass sie was besseres wären besser etwa als der braune kollege nebenan oder diese bernsteinfarbenen dickschädel die hier auch oft rumstehen nein du echt ich seh das ganz menschlich ganz genau wie du kumpel so simpel ist das kumpel irgendwann gehn wir doch eh alle drauf der eine früher der andere später & das schweisst uns echt kein witz jetzt zusammen kumpel einer für alle heisst das kumpel das schmeckt doch keinem von uns ausser dir vielleicht kumpel mir jedenfalls nicht no way kumpel wir sind doch eh schon alle scheintot & da denkst du mir ists hier noch groß zum spassen zumute & unterstellst mir weiss gott was für dinge das seh ich doch an deinem blick kumpel schon mal was von galgenhumor gehört kumpel ja so echter galgenhumor wenn ich auch nicht so 'ne abgebrühte leichenbittermiene aufhab wie der typ da drüben an der bar der dich schon die ganze zeit über wie 'n erdbeben beobachtet & fast jedesmal zu weinen anfängt wenn du mir zu nah kommst der ist wohl so 'n professionell betroffener der immer ins schwarze trifft wenn du deinen arsch für ihn hinhältst damit er mal was süsses hat mensch für den ist doch die ganze welt im arsch da lebt der doch davon schau doch nur wie der sich aufregt wenn er auch schon fast nurmehr mikroskopisch seine mundwinkel noch weiter nach unten quälen kann das zieht einen echt runter wenn man sich das mit anschauen muss bodenlos der typ der steht immer schon mit einem bein im grab & schleppt es mit sich rum fast dass man reinstolpern könnte immer diesen dreck an den schuhen den der wie 'ne blutspur hinter sich her schleppt sonst sieht er ja eher aus als ob er seinen zug vor dreissig jahren verpasst hätte & immer noch auf den anschluss wartet tragisch korrekt der typ jetzt hat er fast gelächelt fällt gar nicht auf sieht nur im vergleich zu vorhin so aus als ob diesmal nur sein hund gestorben wäre am ende lädt der dich noch auf 'nen kaffee ein setzt sich zu uns an den tisch & dann bin ich erledigt das versprech ich dir kumpel so wie der an seiner fresse leidet nimmt der mindestens sechs stück & glaubt immer noch er säuft 'ne bitterschokolade na ja da wärn wir mal wieder bei meinem galgenhumor kumpel genau den hat der garantiert nicht kumpel der hängt doch nur die andern hin kumpel da wett ich drauf dem gefriert doch jeder witz im herz bevor er nur dran denkt nein kumpel verlass dich da ganz auf mich mit so einem lässt man sich nicht ein oder möchtest du vielleicht stinken wie 'n friedhofsveilchen der steckt an das steck ich dir kumpel & zu guter letzt kommen euch noch die tränen wegen mir nein danke kein bedarf wirklich kumpel schlag dir das aus dem kopf oder hast du den etwa selbst mitgebracht damit du wenn du hier aufgeräumt hast einen hast der nicht viel lärm drum macht & sich noch einen runterholt wenn er sagen kann ich wars die welt ist schlecht das ist der grund das ist echt zum heulen mit dem kumpel der hat doch sicher so 'ne art von tränendrüsenüberfunktion bin ich mir ganz sicher kumpel nimm dich in acht he ich hab gesagt du sollst dich in acht nehmen & nicht zu ihm rübergrinsen der glaubt doch noch glatt du lädst ihn ein du bist ein einsamer mensch denkt der sich & übersieht mich dabei glatt & hockt sich her zu uns damit wir 'n bisschen traurig sind zusammen weil wie du ja weisst die welt nur mehr 'n friedhof heutzutage ist & die leichen im kasten schon jeden abend dir noch vor sendeschluss auf den teppich purzeln weil da kein platz mehr drin ist & du sie dann noch mental entsorgen musst & weisst nicht mal in welchen müllsack jetzt & hast kein bier im haus das alles zu vergessen du siehst verdammt noch mal der typ ich habs dir doch gesagt der steckt einen an das ist bestimmt so 'n perverser der sich dran freut bestimmt da freut der sich wenn unsereins mit fusel übergossen plötzlich hell in flammen steht & alles applaudiert was schaust du mich da an wie 'nen irren he spinnst du finger weg nicht dass du mir auf einmal hier auf falsche gedanken kommst kumpel komm kumpel wir sind doch freunde vergiss den toten da drüben der interessiert uns doch überhaupt nicht der will uns doch nur provozieren & nichts andres & jetzt beruhig dich wieder & bestell dir noch 'ne tasse vielleicht heisst der junge der sie dir bringt ja jesus wer weiss kumpel & die welt ist wieder in bester ordnung einer für alle & keiner für ihn kumpel so läufts doch glaub mir ich weiss wovon ich spreche oder willst du mir etwa widersprechen ich weiss das viel besser als der da drüben aber kumpel du hattest da sowas in den augen das nach widerspruch aussah ok stattgegeben kumpel später aber jetzt trink erst mal aus & iss was vernünftiges kumpel sonst kriegst du mir noch 'n gehörigen unterzucker & ich häng hier mit 'ner sauren gurke rum die mich vor lauter seelendruck gleich vernaschen will & mir nur wegen so 'nem läppischen kleinen loch im gefühlshaushalt sofort ans eingemachte möchte also wirklich bei aller liebe kumpel da sei 'n sandwich vor kumpel echt das mein ich bierernst kumpel man macht das kannst du dir denken kumpel so seine erfahrungen im laufe der zeit aber ja ja ja du hast recht lass uns lieber noch 'n bisschen musik hören bevor der laden hier endlich dichtmacht man verlangt ja eh nicht viel vom leben kumpel ausser damit davonzukommen klasse idee mit der musik kumpel aber bleib mir von dem typen fern ich möcht keinen trauermarsch hörn du ehrlich das kannst du mir glauben da werd ich echt sauer kumpel wenn du jetzt auf einmal die platte auflegst du kannst mir doch nicht so kurz vor zwölf mit diesem kalten kaffee kommen du da zieht sich echt alles in mir zusammen regelrechte krämpfe bekomme ich da kumpel das ist fast wie 'ne todesangst du da möcht ich plötzlich einfach verschwinden mich in luft auflösen da kannst du mich echt in den wind schreiben wenn ich das hör kumpel & dann noch zu allem unglück die fresse von dem typen dazu scheiss gesamtkunstwerk bin ich hier bei wagner oder jetzt erzähl mir aber bloß noch was von 'nem leitmotiv ich halt das nicht aus kumpel halt den film an zieh den stecker raus tu irgendwas scheisse ich komm hier nicht raus he was soll das jetzt dreht sich alles wir können doch über alles reden ich mein jetzt kommt der auch noch an ihr schweine he finger weg kumpel wir können doch ich mein über alles reden kumpel bitte bitte ich hätte gedacht wir verstehen uns scheisse ist das heiss hier hast mich wohl gern in deiner hand den schaffen wir doch mit links oder das denkst du dir doch oder jetzt hab ich ihn dass das jetzt so enden muss kumpel echt wir haben uns doch ganz einfach hier nur so 'n bisschen unterhalten über kunst & rembrandt & so du kannst dich doch noch erinnern oder nicht gleich so stürmisch ich weiss jetzt bin ich dran jetzt schlägst du zu aber he lass mir wenigstens noch 'n kleines bisschen zeit du bitte kumpel he ich bin echt nicht so einer den man sich einfach mal zwischen zwei kaffee zur brust nimmt das war eh schon nicht gerade freundlich von dir vorhin das hätt ich nicht von dir gedacht echt aber ich drück noch mal 'n auge zu du glaub mir ich mein vielleicht hast du ja 'ne falsche vorstellung von mir ich mein vielleicht hast du mich ja irgendwie irgendwann vorhin falsch verstanden war doch alles nur ein spiel du wirklich ich bin echt nicht so einer der sich mal eben kurz heiss baden & dann noch vor lauter lust in seine einzelteile zerlegen lässt he such dir 'nen anderen masochisten wenn du da drauf stehst hängen doch hier genug davon rum vergiss mich einfach schon vergessen vergessen kumpel würden sie bitte ihre hände von mir lassen ihr mund ist mir ganz fremd danke nein mit ihren lippen möchte ich keine bekanntschaft schliessen aber vielleicht haben sie am nebentisch ja mehr glück he bitte bitte du warst doch vorhin noch ’n vollkommen andrer typ warst fast ’n echter existentialist der seinen kaffee trinkt wie er seine hemden trägt schwarz & nicht mit zukkerflecken auf der hose also wirklich du bist doch ein ernsthafter typ enttäusch mich nicht reicht dir eine leiche nicht he lass dich nicht anstacheln von diesem leichenbitter der hat doch seine diabetische fresse nur auf damit er ein alibi hat am ende he kumpel glaub dem nicht wir können doch noch ’ne menge zeit miteinander verbringen du bist doch in wahrheit ein asket in wahrheit wolltest du dich doch einfach nur selbst umbringen hast die waffe geladen & drauf gewartet dass dein kumpel abdrückt so wie er’s doch jeden abend gemacht hat mensch da kannst du doch nichts dafür dass der die falsche nimmt & du ihm glatt darauf das leben war doch sein fehler du bist doch unschuldig ich weiss mach jetzt nichts was du später bereuen wirst sei ganz entspannt alles wird gut glaub mir sei ganz ruhig setz einfach nur dein altes pokerface auf das haben wir doch lang genug geprobt du das steht dir ehrlich am besten zu gesicht das macht eindruck da traut sich keiner an dich ran du das hat stil siehst fast so abgebrüht wie sartre in der badewanne aus das hab ich dir vorhin schon gesagt das ist einfach die rolle deines lebens ein existentialistisch in seinen kaffee philosophierender asket der rembrandt kennt & dem die frauen an die schwarze unterhose wollen he was willst du eigentlich mehr vom leben du hast doch alles was du willst da kannst du doch leicht auf so 'n abgeschmacktes modell wie mich verzichten kumpel is eh nicht 'ne besonders neue erfahrung mit mir glaub mir ich bin wie alle andern auch vielleicht hab ich 'ne größere schnauze & mehr mit kunst im sinn als meine vorgänger aber das ist zufall kumpel nichts als zufall fiel mir wirklich einfach nur so zu im laufe der zeit die vielen leute weisst du die drüben vom theater oder kino reinkommen & ihren kaffee schwarz wie du tranken sich zu mir setzten & mir dann eben allerhand hände weg jetzt erzählt haben das kriegt man eben einfach so mit das mit der kunst & ohne wirklich was dafür zu können ehrlich kumpel aber vielleicht bin ich ja überhaupt der viel größere existentialist als du kumpel das ist echt fatal aber was hast du überhaupt für 'ne ahnung vom leben kannst du dir überhaupt nur ansatzweise vorstellen wie das ist für einen wie mich beweis mir das mal ich mein kumpel kannst du dich mal ganz real in meine lage versetzen für einen augenblick so richtig in mich reinprojizieren kumpel denk & fühl mal wie ich he hallo das werd ich doch wohl noch zu ende bringen dürfen ist doch hier 'ne hinrichtung oder verdammt noch mal komm zeigs mir he bitte bitte fühl dich sei doch nur mal eine eine verdammt einsame sekunde lang wie ich jetzt …

Unterdessen hat sich Leichenbitter dem Tisch genähert, setzt sich und nimmt, während sich der Mann unter unvermittelten Schmerzen windet, das letzte Zuckerstück aus der Dose, löst es, als der Mann nun panisch nach Luft ringend seine Krawatte und den Hemdkragen zu öffnen sucht, aus dem Papier und setzt, bevor er das Zuckerstück endgültig schluckt und den Mann vollends zum Erstarren bringt, in sichtlich überzogener Traurigkeit genüßlich zu sprechen an.

LEICHENBITTER ich versteh dich glaub mir das kann ich nachempfinden als so 'n verdammtes stück zucker hat mans wirklich nicht leicht saugt sich voll mit dem ganzen scheiss den man den ganzen tag über in seiner dose hört & löst sich dann einfach auf aber was solls das muss man schlucken

Er lacht, lacht lautstark, zynisch und ausgiebig, bis er dem Mann wie einem alten Freund auf die Schulter klopft, worauf dieser mit dem Kopf auf die Tischplatte knallt und das Licht ausgeht. Dunkel.

Ein unerwarteter Tod: Zuviel Zucker in den Träumen. Das ist bitter. Schlaf(t) süss !

Als er den Raum im Triumph verlassen will und sich schon vom Publikum abkehrt, hört er plötzlich im Rücken die Jukebox sprechen. Er verharrt in Entsetzen, ein stummer Schrei.

DIE JUKEBOX du trinkst deinen kaffee doch schwarz oder kumpel

Black

Tatar Titus

Personen: Titus / Ebene 1 · Titus / Ebene 2 · Lavinia · 1. Freier (evtl. Titus 2 & Lavinia) · 2. Freier (evtl. Titus 2) · 12 Künstler / Autoren

VORBEMERKUNG

Tatar Titus ist der dramatische versuch einer parabel des engagierten schriftstellers, der seine ästhetik & somit seine künstlerischen produktivkräfte einer politischen bzw. übergeordneten institutionellen macht zur verfügung stellt. einer macht, deren ursprünglich betont idealistisch ausgerichteter ideologie er mit seinen spezifischen mitteln zur realität verhelfen will. doch an der realitätswerdung scheitert er. zwar lieh er dem gesicht der macht seine züge, also das ästhetische faszinosum, die klassizistische maske, hinter der sich die sich abzeichnende banalität der zügellosen brutalität auf wirkungsvollste weise verbergen liess. aber angesichts dieser erscheinung der macht, der seine ideen & kämpferischen ideale zum schönen schein eingeschrieben sind, wird er als produzent der virtuellen realität, der machtstabilisierenden & kompensatorischen illusion zum risikofaktor. das vollendete kunstwerk sucht seinen schöpfer & dessen handschrift zu vernichten.

die direkte, die personalisierte macht, die nicht auf ein einzelnes system verkürzt werden soll, ist in dem stück nicht sichtbar, sondern lediglich deren handlanger, deren einer eben auch titus war.

Tatar Titus will die mutation des shakespearschen feldherrn titus andronicus zum militanten dichter zeigen, der ›die schrift der goten überschrieb mit römischen lettern‹. der fleischwolf des schlächters zerreisst nun auch papier, gewinnt die zutaten für ein tatar aus blut & wort, das als götterspeise dem herrscher dargebracht werden soll. doch seine worte verschlingen titus selbst. sie verschlingen seine

werke, die hand, die sie schrieb, und schliesslich auch seine ›muse‹ lavinia, die bald keine hände mehr hat zu schreiben, keine zunge zu sprechen.
wie steht es um einen dichter, der seine muse der macht prostituiert, sie zur strich-fassung seiner dichtung erniedrigt ? der orgie der macht folgt die rache der macht, & dieser unerbittlich das requiem der ohnmacht: ein triptychon. der dichter des humanen wird zum kannibalen. der dichter des humanen, der über seine staatsfunktion mitunter selbst ein kannibale war, findet durch die rache an sich selbst zurück zum humanen, das verstümmelt zurückbleibt wie er.
Tatar Titus spielt in einem zeitlosen raum, der in die gegenwart übergreifen kann. nicht ein handlungsablauf oder ein lehrbeispiel politisch engagierten schreibens sollen im zentrum stehn, sondern die sprache als paradoxon des autors, die ihn macht & ohnmacht gleichermassen erfahren lässt.

das stück ist auf drei spiel- & inhaltsebenen inszeniert: auf der hauptbühne, einem zum zuschauerraum hin abgestuften zwischenpodium & einem das publikum unmittelbar konfrontierenden abendmahlstisch. der die zuschauer direkt adressierende titus erscheint zunächst auf der zwischenbühne. dort beginnt er seinen monolog, während die stühle des abendmahltisches zunächst ebenso leer bleiben wie die bühne im abgedunkelten hintergrund unsichtbar. das podium ist der sprechort des titus, dort beginnt er seine monologische suada, seinen rhetorischen überlebenskampf, dort erzählt er die geschichte seines scheiterns, beschwört die einstige macht & überspielt die gegenwart seiner heutigen ohnmacht durch die versuchte herrschaft über seine letzte gefolgschaft: das publikum. titus ist nicht nur dichter, sondern auch schauspieler, ein rollenartist über den gründen und abgründen seiner rede. auf seiner spielebene sind die sprache & sein körper das einzig darstellende mittel, sein raum ist der zwischenraum, der die beiden anderen ebenen durch seine syntax verbindet & metaphorisch vernetzt. diese sind erst durch die anatomie seiner rede imaginier- & behauptbar. sie übernehmen die funktion der handlung, der situation und des kontextes. im bühnenraum wird das scheitern des titus dargestellt, bruchstücke seiner geschichte werden in drei dialogischen blöcken gezeigt & weiter zerschlagen. der titus dieser ebene kann der der ersten sein oder eine imaginative abspaltung desselben, was sich anbietet, da während titus I spricht die personen der bühne in stummer choreographie bewegungen & situationen assoziieren bzw. dissoziieren könnten: als ein plastischer hintergrund & alternativkörper seiner gedanken. hier könnte ein geflecht von abhängigkeiten, widerständen & -sprüchen entstehen. im kon-

trast zu den beiden ersten ebenen ist der abendmahlstisch fast statisch. an ihm werden im laufe des stückes sukzessiv figuren platz nehmen, die konkrete personen aus der literatur- & kunstgeschichte repräsentieren, die ihr künstlerisches werk einer totalitären oder politisch zweifelhaften macht andienten. ihre texte sollen aus originaltexten bestehen bzw. aus bearbeiteten zitaten. die figuren sollen nicht denunziert, vielmehr soll der schnittpunkt ihrer geschichte gezeigt werden, an dem sie sich für die macht entschieden oder wieder von ihr lösten. denkbar wären autoren wie z. b. benn, becher, bronnen, pound, hauptmann sowie einige künstler, die näher unserer gegenwart liegen. die auswahl der texte soll versuchen, die zeitlich abstrakten konflikte des titus in verschiedenen konkreten zeiträumen zu verankern & die permanente möglichkeit & gefahr einer solchen symbiose mit der macht zu verdeutlichen, ihre zahlreichen motivationen & irrungen. den letzten platz wird titus am ende des stückes schliesslich selbst einnehmen. die reihe wird geschlossen, das stück beginnt:

BILD I / EBENE 1

TITUS schaut auf meine hände seht
sie euch an was sagen sie
sind sie eines menschen
noch oder
blass wie das gesicht
eines toten schon
fasst sie an spürt ihr noch
die wärme die der hand
schlag eines freunds euch
gibt wenn er die seine in
der euren ruhen lässt ins
aug euch blickt wie nur
ein freund es kann &
zärtlich fast von ihr sich
trennt den blick im auge
noch des freunds den
handschlag aug in aug
verlängernd so fühlt so
sich an die hand die ich
euch zeig legst du sie an
dein herz schlägt dann
das meine auch darauf
oder schauderts dich vor
kälte bleibt das herz dir
stehn weil eine tote hand
es nährt
auch mag ein mörder schöne
hände haben was gehts euch an

bin ich ein mörder &
war es schön im blut
zu baden diese hand
oder bin ich nur ein spieler
der euch fürchten macht
er lege hand an euch an
dich & dich danach & mich
zuletzt so treib ich die
handlung voran bis ein
jeder dem andern die hand
gibt & sein leben darin
das ihr aus meiner lesen
könnt ich les's euch vor
das ist die linie meines lebens
seht ihr sie die starke furche
den wilden fluss die schlucht
die hier durch meine hand
sich zieht & hier in meiner
anderen seht her die axt
was sagt das aus was lest ihr
draus lest aus der einen ihr nur
oder seht ihr beider schicksals
macht & welche wird wohl hier
die stärkre sein & welches
argument schlägt sich jetzt durch
hat mehr gewicht & schärfe hier
zu überzeugen ists das was
eingeschrieben ist von eines
gottes feder hier ins weiche
fleisch hat er verschrieben sich &
gibt die axt
der andren dann zur hand

zu korrigieren seinen fehler was
er selbst schrieb doch ists ein
gott wenn er solch fehler macht
oder bins nur ich der fehlt &
nicht zu deuten weiss das leben
hier & dort die axt es zu zerstören
wisst ihr die antwort gilt euch
der hieb & mir das leben oder ists
doch eher umgekehrt ihr nehmt es
mir & ich geb euch die hand dafür
ich weiss es nicht wie kann ich
handeln wenn so die hände mir
gebunden sind kein ausweg mir
aus euren reihen oder meinem
denken kommt was soll ich tun
sagt es mir sonst sag ichs euch
& tue es auch aber wir wollen
von anderem sprechen denn
der held gewinnt was der hund
verliert & beides hab ich selbst
& mehr als ich es tragen konnt
gewonnen wie verloren einst
war ich ein held doch jetzt bin
ich der hund der einst ich war
ein gassenjunge nur & bin euch
so ein held der auf den hund
gekommen ist & durch den hund
nun wieder wird zum held denn
nur ein mensch der zähne hat
den mensch zu reissen wie ein
wolf kann eine stadt erbauen &
wie man eine stadt erbaut

errichtet man den ruhm &
richtet mensch für mensch &
baut auf knochen sich das denkmal
seiner macht zeile für zeile
vers für vers & blut verklebt das
ganze dann zu jenem werk das
dem zur ehre reicht der unerreichbar
ist in seiner macht & schaut
zurück auf meine hände hier
sind sie des sklaven der die steine
trug sind rauh sie kalt & ohne
glanz ein schlachtfeld wild
zerfetzter haut die nur in streifen
noch an diesen fingern hängt oder
seht ihr hände zart & fein mit
einer haut aus pergament durch
das die worte gehen & etwas
hornhaut auch dem fremden
glück zu widerstehen was seht
ihr hier
wollt ihr mirs nicht gestehen
seht an der einen ihr den sklaven
& an der andern doch den herrn
an den händen wird der sklave
niemals hier zum herrn doch
durch hände wird der herr zum
sklaven schnell & schneller noch
als ers begreifen kann doch
sagt mir nur was ihr hier seht
ich kanns nicht lassen euren spruch
zu hören & traue meinen augen
nicht die eines sehers sind der

blind nicht ist & deshalb blind
denn einst da sagt ich mir
aug vergiss die hand und mag
geschehen was wird es tat
aug sich sperrt zu sehn

BILD II / EBENE 2

auf der in diffusem rotlicht gehaltenen bühne ist ein prostituierten-strich & ein tempelhallen-bordell zu erkennen, vor dem die neun musen der antike (klio: geschichte, kalliope: epos, elegie, melpomene: tragödie, thalia: komödie, urania: astronomie, erato: liebeslied, tanz, euterpe: musik, lyrik, terpsichore: chorische lyrik, tanz, polyhymnia: tanz, pantomime, ernstes lied) als käufliche ikonen posieren. sie sind sämtlich griechischen plastiken nachgebildet, bekleidet & geschminkt. in ihrer stellung & bewegungslosigkeit ist lavinia von ihnen anfänglich nicht zu unterscheiden. hinter ihr steht etwas abseits ein denkmal des titus, täuschend lebendig maskiert als zuhälter. titus selbst tritt in den rollen der wechselnden freier auf.

LAVINIA du machst dein kind zur hure titus du
machst dein kind zum hurenkind zum
hurenkind des titus
das einsam in der gasse sich entlang der
wände wie eine raupe schlich dass keiner
die hässliche kleine die ausgesetzte
sehe & sie mit seinen schlimmen
künsten verzaubern will zu dem was sie
schon war & doch nicht sehen wollt ein
schmetterling mit abgeriebenen flügeln
der die farben seines kleids das sie alle
in die gasse lockt wie ein wunde trägt
ein hurenkind machst du aus mir
dein kind zur hure titus

TITUS *schweigt*
I. FREIER lavinia wie wärs mit einem musenkuss
von deinen lippen schäm dich nicht
mein kind was wehrst du dich ich
zahle gut für jede strophe extra lass
uns den kreuzreim proben komm
mein gedicht was zierst du dich deine
kunst ist käuflich & ich kaufe sie
LAVINIA lass deine wohlbered'ten hände von
mir du ekelst mich dein mundgeruch
der satt vor macht ist käuflich bin
ich ja mein leben dies kleine kaum
gelebte doch geliebte leben teuer
bezahlt hab' ichs & mich selbst darum
betrogen für einen der mir heim
zahlte meine liebe sie beglich schein um
schein den immer wieder lockend
schönen schein der nichts kostet
ausser ein leben das billig zu haben
ist jetzt für jedermann der zahlen
kann
I. FREIER na also was zierst du dich solang ich
zahle & nicht zum schein mit scheinen
zahl ich bar auf deine hand & einen
extra für den lustvollen schein des
widerspruchs deine poesie ist ihren
preis wert wahrlich komm wir
wollen sie mit unsren körper weiter
treiben
LAVINIA treib deine wortreichen spiele mit
dir selbst was du als poesie verkaufst
kannst du bei mir dir nicht erwerben

analphabeten verkehren in dieser
alten kunst nicht die wortstellungen
bereiten ihnen dann doch nur allzu
grosse mühe nach ihren grossen
sprüchen denen das ausrufezeichen
am ende doch immer fehlt komm
geh

1. FREIER lavinia deine zunge wird bald frei
sein wie ein schmetterling frei
deine hände wie zwei flügel frei
lavinia werden sie sein frei
diese zunge zu sprechen frei
die hände sich zu heben gegen
jeden frei
lavinia wirst auch du sein frei
wie das wild

er geht ab.

LAVINIA titus

TITUS *schweigt*

LAVINIA einst die jäger sind wir jetzt
gejagte & hetzen mit hechelnden
zungen dem verlornen glück
hinterher wie einer beute die
wir selbst nun den hunden sind
die unser blut schon längst in
ihren kampfvisagen inhalieren
zittern mit den lefzen schon in
der vorfreude ihres jagdglücks

des weidmanns heil das unser
dank ist wenn sie die blutigen
hände in unsre weidwunden
körper graben

titus mein edler beschützer
dem ich nicht genug das jagd
horn blasen konnte für seine
hatz auf alles was da kreucht
& fleugt & einen mund zum
atmen hat noch aus dem ein
vielleicht feindseliger luft
hauch weichen könnte der
dem kaiser nimmt was doch
des kaisers ist was bleibt
da allzu sterblichen wie uns
die letzten gründe wohl
titus bleiben uns das mag
genug sein für den jägersmann
der seinen nachruhm als
trophäe an den wänden wähnt
mir reicht es nicht zum
leben & leben will ich titus
doch nur die angst lebt in
mir & du doch du hörst
nicht was ich klage ach
mein titus edler beschützer
zu hält er sich die ohren vor
dem grossen halali

2. FREIER lavinia –
sieh an die schöne künstler
hure hat heut publikums

verkehr & macht die beine breit
fürs volk zur strassenkunst wie
kommts dass dein eiserner
vorhang sich jetzt schon den
massen öffnet

LAVINIA lass deine verruchten hände von
mir titus bewahr mich vor dem
pöbel lass mich lass deine
hände von mir lass mich
nicht allein mit ihm titus

2. FREIER was stellst du dich so an du
stehst ihm angebot & ich
frag nach dir & frag dich
nicht noch auch dazu ob
du dort gerne stehst dein
freier ist so frei & langt
& nascht nach den süssen
früchten die ihm derart
feilgeboten werden kein
mundraub ists kein kuss
den ich nicht zahle kein
fruchtfleisch zwischen
meinen lippen das nicht
als tauschwert in den händen
wiegt des händlers noch
zahl ich für den kleinen
spass hier titus bar auf
deiner hand ist der preis
den du gewonnen hast
mit deiner muse & jetzt
komm schnell verderblich
ist die liebe die du gibst

LAVINIA ich komm mit wem es mir
gefällt zu kommen mit dir
komm ich mein lebtag nicht
2. FREIER ja lavinia dein leben bekommt
seine tage & blutig werden sie
& du wirst dir wünschen nicht
verhütet zu haben was du mir so
prüde hast verwehrt selbst das
blut zwischen den lippen wird
deinen leib nicht reinwaschen
von der schuld & angst mit einem
römer im bauch in der gosse zu
stehen was du empfängst wird
schnell doch um so schmerzlicher
sein lavinia süsse geniesse deine
tage unter ihnen brütet schon
pompej in seinem stolz & der jäh
unterbrochenen lust im liebesspiel
des untergangs heil titus hat es
dir die stimme verschlagen du
wirst sie noch brauchen für zwei
LAVINIA haben sie dir die zunge aus dem
dichterorakel geschnitten den
vogelflug aus den spähenden
augen verbannt hinter einen
vorhang aus nacht sieh dich vor
titus
ich stand wie eine venus
im blickfang roms unerreichbar
den armen der augen die ihre
offne gier verbargen hinter
heiliger scheu unantastbar war

ich eine statue gebannt im
grazilen spiel der glieder ein
standbild bewegt von den
fingerspitzen des zeus ein
stein mit adern aus blut & dem
herzen der götter sie haben
die schönheit nicht ertragen
nicht den spiegel der noch voll
kommner selbst als ihr spiegel
bild war jetzt darf jeder mich
betrachten als den spiegel
seiner lüste & sein ohr auf
meine brüste legen & nicht
mein herzschlag ist es den er
fühlen mag & will nicht wissen
ob ein stein ein herz hat ob
ein stein ein herz hat dem
das herz zu stein wird wieder
unter all den händen der
torso wieder der es war

lavinia zerschlägt nach einem verzweifelt zärtlichen wiederbelebungsversuch die titusstatue. dunkel.

BILD III / EBENE I

TITUS so ist das leben was
entsetzt es euch
an euch liegts
zu glauben oder nicht
dem armen spieler
der euch dies erzählt
sich spreizt & sperrt
auf seiner bühne
seine stunde lang
in euren händen liegts
des irren märchen
hier aus seinem kopf
auf eure füsse nun
zu stellen & zu sehen
wie es sich geht mit
meinem himmel an
den sohlen den ihr
durch eure pfützen
zieht den schmutz zu
säubern meines hirns
mit schmutz & mir
den kopf zu waschen
in dem blau das euch
die stunden macht mit
wolken in den haaren
an denen ich das gras
hier wachsen hör &
weiss ihr geht auf nichts

was ihr behalten könnt
im kopf denn
bedeutet
das leben euch alles
bedeutet mir alles
nichts
ein nichts das sprechen
kann & einen namen
trägt auf seiner stirn
die ich euch biete hier
zum trotz aus dem
ich bin
vergessen längst doch
noch immer besessen
genug mich kopf
los zu behaupten hier
& streng mich an
euch zu gefallen
als einer der fällt von der
höhe seiner kunst in die
tiefe seiner gedanken
& mit sich spricht &
so mit euch denn sind
wir nicht aus einem
stoff aus einem traum
aus einem holz &
einem stein zuletzt &
habt auch ihr kein mittel
das die brust freischaufelt
von der last die das herz
drückt ein süsses vergessen

das vergessen macht
die bittre schmach wir wollen
die hände falten & sie
um unsre kehlen legen
gemeinsam wollen wir beten so
für jeden mord an einem wort
& morden an des andren kehle
jedes wort das weiterspricht
wo wir vergessen wollen
wir wollen uns erinnernd
sprechen nur mit einem kehlkopf
in der hand die schuld wollen wir
einander aus den hälsen reissen &
tragen diesen knorpel wie ein schild
vor jedem laut der uns verraten
kann mit einem schwert das man
in feuer taucht wollen wir die
körper tauchen & schreiben mit
dem schwert was je die zunge
schlug in unsrem mund wir
wollen der körper unsrer sprache
sein & wie die körper gehen aus
dieser welt als aas so soll als aas
die sprache gehen aus dieser welt
oder in dem feuer stehen in dem
das schwert die tinte fand für
unsre haut doch eh wir uns vergessen
so im feuer & als aas soll feuer
auch durch unsre werke gehn soll
aas hier asche sein & aller schein
vergeht in solchem schein & nichts
bleibt mehr ein mord soll herrschen

allerorts denn nicht sind wir die
einzgen zeugen unsrer schuld &
schuld sind nun die andren durch
ihr wissen unsrer schuld & wie ein
jedes wort uns schuldig macht macht
es sie schuldig nun vor unsrem
schwert & unsrem feuer das wir von
innen nun nach aussen tragen wie
unsre worte wir vom herzen in der
andren herzen trugen durch den
mund & durch die schrift für augen
die erblinden sollen da wir
geblendet waren &
voll des wahnsinns wie auch
jetzt seid ihr bereit zu diesem
grauen oder bleibt ihr lieber sitzen &
legt die hände scheu auf euren hals &
fühlt ob alles noch an seinem platze
ist der kopf noch auf der kehle sitzt
die zunge noch den gaumen schlägt die
ohren gut verstopft sind vor der
wahrheit die ich will ich bin des wahnsinns
denkt ihr wohl jetzt hat ihn ganz der
wahnsinn übermannt & seinen text
jetzt fällt er aus der rolle in die rolle
seiner selbst & zapft von hand zu hand
gereicht wie eine hure sich das blut
holt diesen menschen von der bühne
hier was will er denn er ist verrückt
wir können ihm nicht folgen wenn er
nicht folgen will dem wort das er zu
sagen hat denn dafür ist er ja bezahlt

zu sagen was wir hören wollen &
hören wollen wir solches sagen nicht
wo uns hören & sagen & einer sich
dazu an uns vergeht
da geht kein weg vorbei auch ihr
vergeht wenn nun geh & müsst
euch meinen kopf nicht so zerbrechen
das mach ich selbst

BILD IV / EBENE 2

der hell ausgeleuchtete ausnahmslos weisse bühnenraum zeigt titus' arbeitszimmer und bibliothek. die wände sind bis an die deckengrenzen mit weissen buchrücken bestellt. auf einem podium in der mitte des raumes ist ein standbild lavinias plaziert, das sie in plastischen zügen zeichnet & sie entsprechend ihrer erscheinung in Bild II reproduziert. titus sitzt an seinem schreibtisch & versucht die zerschlagenen kopfbruchstücke seines denkmals neu zusammenzufügen.

TITUS titus du
hast mir den kopf zerbrochen
mich um kopf & kragen gesprochen
hinter einer haut aus bronze sind
meine worte erstickt & hatten doch
gewicht & wurden gewichtiger
jahr für jahr & wogen schwer &
schwerer stund für stund auf
meinen lippen die ich schon
kaum bewegen konnte noch wenn
die zunge an das kalte fleisch
stiess & zurückschnellte in die
höhle meines mundes der mir zur
hölle wurd aus der wie aus dem
grab kein laut drang & doch
einst
mit seinen lauten worten mir
das grab & die hölle schon

war
doch war ich taub der mund die
tempelhalle meines ruhms ihre
stützen sind gebrochen mir be
graben liegt die stimme unter den
säulen des brüchigen erfolgs dem
staat gefolgt zu sein bis in den unter
gang der nur der meine war bis
heut

titus scheitert immer wieder in seinem fast fanatischen bemühen, die bruchstücke zu einem neuen ganzen zusammenzufügen, er beginnt schließlich in einer zunächst verzweifelten hysterie – doch dann immer mehr an ruhe gewinnend – damit, sich die scherbenteile auf sein gesicht & seinen körper zu fixieren.

kein ohr lieh ich dem warnen meiner
freunde mein ohr war taub vom lob
des herrschers das wie flüssiges wachs
sich schloss in der kälte der macht die
mich meinen stolz wärmend umgab die
seher sah ich ihre augen sich weitend
vor schrecken doch nichts schreckte
mich im anblick der macht die mir
vor augen stand der zweifel war mir
nichts als ein blendwerk des neids der
mich verfolgte im blickfang tausend
unheilsgeiler blicke meine nase mit
den konturen des adlers trug ich
olympisch über den ausdünstungen
des beutevolks in seinem dreck be

nachbart liegt sie jetzt noch tiefer
selbst als die spuren ihrer füsse hätt
ich meine hand nicht gegen sie er
hoben hälfe eine hand mir vielleicht
hier aus dem abgrund doch mein
fall kennt keinen halt & keinen kopf
der mich verteidigt ausser dem
eignen den ich suche & nicht finde in
dem trümmerfeld & nicht fügen
kann zu dem den ich verlor & mich
fügen muss den schnitten in meinem
gesicht den löchern meines porösen
hirns einer musste schliesslich seinen
kopf hinhalten lieber wärs mir ich
hätt ihn zum denken benutzt & könnt
ihn benutzen jetzt für eine undenkbare
rache
titus halte deine sinne zusammen
solang du sie noch in deinen händen
hältst der phoenix stieg aus der
asche stehe du aus trümmern auf
versuchs titus ich versuchs mit aller
kraft die noch schläft in jedem von
mir abgeschlagnen glied & haupt
eine schlange will ich sein die sich
gehäutet hat nur eine schlange die
an seinem busen nährt erneut
der herrscher sich als brut sein
brutus will ich sein das messer
im rücken das sich dem mörder
bis ins herz bohrt denn sein herz
muss bluten wie meins der ich

zum mörder wurd durch ihn
aber sag mir nur wie stell ichs
an wie stell ichs an
wenn nur schneidend worte
ich hab statt klingend wie stell
ichs an lavinia ja lavinia
ich schmieg dich ihm ans herz
das wird es brechen brechen
wie das meine ich hab das deine
schon so oft gebrochen so lass
den trümmerhaufen nun des
kaisers atem auch begraben
ich schenk dich ihm wie einen
tod
der ihn mit klingenden worten
holt zwischen die schenkel
seiner sensen aus blutjungem
fleisch mein todesengel tanz
mit ihm tanz bis ihm das blut
im schuh steht & es seinem
herzen einen stoss gibt wenn
dein schoss sich schliesst
wie eine falle & titus
ist der fallensteller der den
tollwütigen trieben seines
jägers auf der treibjagd die
hörner auf sein umtriebiges
haupt nagelt & den kapitalen
bock schlachtet zuletzt wenn
es ihm in den kopf schiesst
dass sein opfer nun der täter
ist & die wildkatze sich den

eignen schwanz abbeisst dem
ich ihn als seinen zepter in
den arsch schiebe wohin er
mir dann folgt in meine folg
same zukunft aus schleimigen
kot & der unverdauten liebe
meines durchfalls aus dem
bauch der macht den ich
fütterte mit süßen sätzen
bis er fett ansetzte während
er meine leber stopfte bis sie
platzte wie die einer dummen
gans doch noch die dümmer
als die gänse waren die die
stadt bewahrten vor dem
feind mit ihren geschwätzigen
schnäbeln geschwätzig war
auch ich jedoch nie warnte
ich so kam der feind mir an
den hals mit seinen messern
längst schon war er in der
stadt & ich frass aus seinem
trog bis ich reif & voll war
für das fest & freute mich
darauf doch war der tisch
gedeckt nicht mehr für mich
mit mir war er gedeckt der
tisch an dem ich sass mit
ihnen einst verspeisend einen
andren der da einst lag wie
heute ich der kannibal
der tod er nagt an mir lavinia

sei du das bankett meiner
rache geh in dessen rachen der
mich mit meinen worten
verschlang & verschlinge
nun sein herz mein untergang
soll ihm der köder sein an dem
er deine liebe gierig schluckt
bis sich durch deine süsse
der haken in sein fleisch
bohrt & seine eingeweide
aus dem skelett reisst & ihm
nur der schmerz mehr steht
wie eine lanze im offenen
leib ein schmerz nicht ver
traut dem sieger wie der
verlust an blut & knochen
in der schlacht ein schmerz
heroisch nicht wie das auge
das zurückblieb im sand der
arm der die geier jetzt grüsst nein
ein schmerz wie der verlust des
besten freundes in den kesseln
der schlacht & tiefer doch denn
die schlacht macht den tod
vergessen & zu lebend'gen die
toten erst die ihre knochen für
den sensenmann schliffen nein
der schmerz den du ihm
schenkst soll tiefer schneiden
als das schwert & nicht wie
dessen klingen seinen körper
durchqueren wie eine landschaft

tiefer soll er sein der schmerz
aus der tiefe dieses mörderherzens
soll es an ihm brechen denn nie
glaubte er ein herz zu haben &
findet er's dann schlägts ihn tot

er zerschlägt die zusammengesetzten bruchstücke seiner statue aufs neue

lavinia du warst die feder in meiner
hand sei der totschläger nun der
ihn mit liebe schlägt bis er daran
verreckt geh zu ihm sag du liefest
über von lust & von mir zu ihm dem
deine sehnsucht galt seit dem ersten
beben deines schosses so sag es
ihm & sprich mir nach:

titus demonstriert lavinia, während er ihre bewegungsabläufe in anmaßend künstlicher übertreibung kopiert und ihren tonfall nachzuahmen versucht, wie sie dem kaiser zu begegnen habe, spricht ihr die sätze vor, die er in ihren mund legen will; ironisch zuerst, doch dann verliert er sich immer stärker in ihre rolle, fängt an, sie zu entkleiden, bis er schliesslich den glauben erweckt, mit ihr identisch zu sein, & seine rede & zärtlichkeiten an lavinia adressiert, als sei sie der kaiser.

mein
triumphator du beherrsche meinen
körper weil ichs nicht mehr ver
mag vor deinen augen herrsche

über meine scham die sich dir öffnet
weit & bebend wie das schlachtfeld
deinen kriegern der speerspitze des
siegers der schon lange meine
sehnen zwischen seinen blicken
streckt mich foltert mit den
schrauben seines panzers wenn
ich mich an die brust aus eisen
schmiege meine arme haut zu
retten die sich sehnt nach einer
anderen rette mich vor titus der
mich vor dir gefangenhielt ge
kettet hielt an seiner sätze
glieder die verwuchsen an
mir mit seinen händen aus
denen er doch niemals mich
lassen
mehr wollte & doch in andere
gab von hand zu hand mich
reichte & die meinen band
wollt ich sie weit von mir zu dir
hin strecken doch bittest du um
sie so muss er diese hand in
deine legen & läg sie auch in
aller munde & ging von mund
zu mund wie er die worte ent
eignete dem meinen lügen
lernten meine scheuen lippen
die ich verschliessen wollte
vor der welt & dem pulsschlag
der wahrheit auf der zunge die
wie das schweigen in mir zitterte

vor jeder silbe die er mir aus
dem herzen stahl um sie wie
einen wunsch mir von den
lippen zu lesen & doch zu
lesen was er wünschte &
wünschte dann von mir zu
hören als wär ich taub des
missklangs dieser harmonie &
wär ich doch stumm ich dürfte
mich verbergen in der stille
die mich nicht zwänge aus ihrem
bauch zu kriechen wie die lider
empor unter der drückenden last
von plattem gold & den schwarzen
wimpervipern die ein dunkler
strich aus hass mir über den augen
bannt so bin ich stehend aufgebahrt
für seinen ruhm denn meine worte
sollten ewig währen & sind doch
sterblicher & fäuler schon als ich
die ich sage was ich sehen muss &
nicht zu sagen habe was ich sehe
er hat mir die augen verbunden als
sei er gerecht & ausgewogen seine
kunst die ich in meinen händen
halte & hätt ich gleich gesehen was
sie dort wägen wärn abgefallen
sie von mir wie eine reife frucht
die den wurm im fleisch trägt
er hat mir die unschuld geraubt &
liess die schuld
durch alle hände gehen dass

er sie teile mit dem volk das ihn
auf solchen händen trug bis auch
sein hochgetragnes haupt den wurm
bekam & sie ihn fallenliessen wie
mich in deine hände jetzt der du
ihm das handwerk gelegt hast mich
dir zu füssen nimm deine beute

titus will lavinias statue küssen, versucht sie zu umarmen, als plötzlich nach einem moment der intimität die tür zu seinem zimmer sich öffnet.

1. FREIER *trägt an seinem gürtel statt eines schwertes eine axt*

seid gegrüsst mit eines weid
manns gruss die ihr euch
weiden wollt ich will es
auch & fall euch ins haus
& in die arme mit der axt
erlaubt ich nehm es mir
heraus nicht ohne schlag
kräftgen grund drum
wartet nur
hieb & stichfest will ich
gerne sein
TITUS was fällt dir ein keiner
lud dich noch hat dich
befugt hier einzufallen
wie ein gote in die tore
roms dessen gast
freundschaft am limes

endet wie die meine
hier vor der tür für den
der sie bricht noch eh ich
sie gewährte geh denn
deiner will gewahr ich
sein nicht länger

I. FREIER ach titus längst bist du ver
bannt von diesem ton der
herrschaft mimt & flott
befiehlt es fehlt dir an der
macht & machst nur wind

TITUS verschwind in meinem
haus bin ich der herr
der lage noch & hab die
karten in der hand

I. FREIER ausgespielt hast du dein ein
satz ist verloren titus
das blatt hat sich ge
wendet nackt stehst du
vor deinem kaiser ohne
worte denn das deine hast
du ihm gebrochen wie
er jetzt den stab bricht
über dich so du nicht
gehst um gnade flehst & für
dein falsches spiel die
schuld ihm zahlst mit
deiner ehre
er wartet titus nicht
mehr lange & nicht
umsonst in diesem haus
stehen deine karten

schlecht verschwind
bevor sie dich begraben
hier bins nur ich der
stiche macht noch

er geht auf lavinia zu, nähert sich ihr an, berührt sie.

ach titus warte mag sein er
hält dich an um deine
hand

er nimmt lavinias hand.

schlag ihm die
bitte ab

TITUS *blickt ihn versteinert an, versucht zu sprechen, doch erstarrt im ansatz eines schreis.*

blitzlicht. dunkel.

BILD V / EBENE I

TITUS ich titus stand zu meinem wort auf
seine macht in einem fremden weichen mund
stand ich & war die säule allen
ruhms & auch der kopf der solche
säulen ziert ein schnelles glück an dem
erstickt ihr mich zurück
gelassen hab mit einer zunge voll des
schleims der götterspeisen süsse die
allzu bitter schmeckt nachdem man
sie gekostet auf dem gipfel
dessen nie war ich näher dem
olymp was ein mann vermag in
der blüte seines alters & im drängen
seines könnens das nach dem höchsten
strebt & tiefer fällt als ikarus
er der der sonne seine flügel lieh sie
niemehr sinken zu sehn & sank
dabei doch selbst ein streichholz nur
in ihrer hand
hinab
ins becken einer dunklen nacht
die ihm die stirn die er so heiss trug
abkühlt nun im kalten licht des monds
wie neid ich ihm den tod die trauer
die sein herz umfängt den wellenschlag
der schatten dort die ruhe die nun endlos ist &
nicht von dieser welt wie er wollt ich sie
doch verlassen ihre bahn die um das

feuer kreist statt nur um mich der
ausgebrannt hier vor euch steht &
kaum sich noch bewegt ich bin
die achse allen missgeschicks &
war der mittelpunkt des glücks
wie ihrs auch dreht & wenden
mögt ihr dreht & wendet mich
der sich doch über euch zu heben
hoffte unerreichbar jedem andren
& auch sich zuletzt denn einer war
ich der die kraft der sonne
fest in seinen federn glaubte nur
es hielt die tinte nicht was sie
versprach & auch das blut
mit dem ich schrieb hielt nicht so
lang wie eine stange wachs & klebt
nur an den worten noch die nie geflügelt
warn nur schwer von ihrer schuld &
haltlos auch wie jener & jetzt
muss ich fast lachen
monolith
welch ein grosses schweres wort
für jenen kleinen heutgen kiesel
stein auf dem ich mich verewigt
sah nie konnt die schwerkraft je
verlassen er er sank im gegenteil zu
boden als die erde bebte die mir
als zentrum unverrückbar schien als
ich hatt es nicht geahnt
ein kontinent
den andern rieb & so geschahs
sie fügten aneinander sich wie

grosses sich zu grössrem fügt
doch zu fügen hat dabei ich
mich dem schicksal euch ein fels zu
sein der nur ein staubkorn ist
& nicht mal das denn jede
grösse ist vergänglich mit der
zeit doch unvergänglich schien
mir meine kunst dies zu umgehn &
urteilt selbst wie ichs vermocht &
wie ichs tat versucht hab ichs auf
jeden fall wie ich es euch erzähle
jetzt & meine strategie war die
das lob das ich dem herrscher
sang sollt loben man noch länger
als er herrscht & herrschen sollt
es über jedes wort das ihn den
kaiser lobt so wollt ich sein in
aller herren mund & denen
ihrer söhne söhne noch
dem herrscher ruhm zu schaffen hat
niemand
je beherrscht wie ich so müsst er
dacht ich mir zu lob & dank
verpflichtet sein solang sein
haupt in worten steht & jeder
der ihm auf seiner stelle folgt
könnt leicht es durch sein haupt
ersetzen dann denn meinem cäsar
gab ich tausend namen & keinen
der ihn nennt bei seinem
so dacht ich
mag wer folgt desgleichen seinen

ruhm durch meine verse mehren &
mehrt dabei den meinen noch dazu
so wollt ich herrschen länger noch
als jeder kaiser es tut der spiegel
wollt ich sein in dem ein jeder
mann sich selbst gefällt doch
bins nur ich der ihm gefällt
mein mut wollt hoch hinaus &
hat sich selbst zu fall gebracht als
ihm das ziel vor augen stand die
hand zu sein die stets regiert
weil fürs regieren die worte sie
erschuf & schuf sich nur den hohn
denn worte gehen fremd
so hab ich meins
das ich dem kaiser gab
verloren & dachte doch
er gäb es mir
so bin ich jetzt allein mit dir
mein herz & nichts mehr blieb
was sich zu sagen lohnt ich
müsst es schrein mein lohn
liegt auf der hand das schweigen
das kommen mag mit jener die
feder die zerbrach
an der last ihrer geflügelten
worte die zum himmel wollten &
zur erde strebten & sich der
sonnennähe strahlen rühmten als
sie schon längst mit jeder silbe
einen spaten voll des erdreichs
hoben & nicht das reich auf

erden sich erhob aus ihrem
klang verklungen ist was nie
mals sang & nur den ambus
schwang in jedem ohr mit dem
der vers geschmiedet ward der
macht der ohnmacht nicht
sie zu erhören wer hört denn
noch was ich zu sagen hab wie
schaff ich mir gehör denn
jetzt wo endlich ich zu
sagen hab & sagen muss was
ich nicht hören wollte als
ich taub war wie der gott den
ich besang dem ich in seinen
ohren lag & nannte gott &
hört wie das mit meinen worten
klang
mein gott
die stimme die ich dich
zu preisen mich erheben trau
ist mir von dir geschenkt &
schmeichelt mich dein lob so
lobst du dich denn dir gehört
was ich beschwör was ich
vermag ist dein vermögen
nur & alles was zu ehre mir
gereicht ehrt niemand mehr
als dich & niemand ehrt dich
mehr als du dich selbst &
selbstlos ists bestimmt mir
dich zu ehren denn selbst
dies los zu sein verdank ich

dir &
wie ers gab so nahm
ers sich wer bin ich noch
nicht ich nicht er kein gott
mehr der die zunge schlägt in
meinem mund & herrscht
mit meinem wort auf seinen
lippen die ich küssen wollte
wie ein narziss küsst sein
spiegelbild & ist das bild
mir noch im kopf so ist der
spiegel längst zerschlagen
wie ich selbst & ists mein
los noch ich zu sagen so
sag ichs tausendmal & nie
mals wie zuvor & sag ich
immer wieder ich & ich
so fügts sich dennoch
nicht zurück zu jenem bild
das ich als meines kannte &
titus noch mit namen nannte &
sang ich du mein kaiser meint
ich mich den spiegel aller
macht denn ich vermochts ein
gott zu sein &
keiner

BILD VI / EBENE 2

der bühnenraum ist vollständig leer, doch mit einem lükkenlos aggressiv blendenden weiss versiegelt. titus bewegt sich in trotziger angst, beschreibt mit seinen rudernden körperteilen imaginäre buchstaben, will sich wie ein satzzeichen auf den boden setzen, er kämpft gegen die herausforderung und die angst vor dem absoluten weiss. er misstraut seinen gesprochenen worten & sucht verzweifelt ihren niederschlag, eine spur, die zurückbleibt, mit ihm.

ICH TITUS habe im blut geschöpft
erschöpfter hände in blut
geschöpft mit händen dies
papier das auf der axt hier klebt
mit resten von gehirn & sich das
blut aus meinen worten mit den
schneidelippen saugt des sensen
blatts in das mit stümpfen denen
dieser arme titus schrieb das
blatt papier das ihm die hand
vom schwert & griffel riss das
löschpapier das meine worte
schlang die nun in blut ge
schrieben auferstehn mit aarons
rache des fremden schwarzes
herz das jetzt in meinem schlägt La
vinia meine muse meine muse
die kein wort mehr spricht kein wort
das sie nicht schändeten meine muse

muss mit füssen schreiben denn mit füssen
wurd sie getreten wurd sie zer
treten Lavinia der die versfüsse
ausgingen im herbst der axt die ihre
knospen zu stümmeln schlug den
sommer löschte ihrem blatt wo er
geschrieben stand mit händen noch

Lavinia läuft auf die bühne. ihre augen sind mit einem weissen band verbunden, ihre armstümpfe verwachsen mit der lehne eines rollstuhls, der zu gleichen teilen an einen herrschaftlichen thron und eine folterbank erinnert und dessen räder verletzend scharf geschliffen sind. Sie ziehen eine in ihrer konsistenz undefinierbare weisse spur, die ihren quell mutmasslich in Lavinias armen hat. Titus verfolgt & liest ihre spur, während sie ihn in der monotonen teilnahmslosigkeit eines immer wieder wiederholten spiels sucht.

ICH TITUS bin der schlachtenbummler auf den
blutigen seen im tintenfass meines
körpers in dessen wunden ich die
feder tauche für tiefschürfende
worte die ich auf dieses axtblatt
schmiere an dessen schnittzeilen
ich die alte führerhand am schwert
zurückliess im exil der fäulnis
ICH TITUS der der goten schrift
überschrieb mit römischen lettern
den fussnoten & capitalen des
siegers im blocksatz der macht
ICH TITUS
bin nun verdammt ein parasit zu

sein im kugelkopf der grossen
schreibmaschine staat ein
hurenkind auf den unbefleckten
fahnen roms die straussenfeder
die den herrn die wahrheit kitzelt aus
ihren lügenrauhen rhetorrachen
bis sie vor empörung sich über
geben & kreide fressen sich die
mäuler stopfen mit den buchstaben
leichen die sie verschlingen in
den rollen des gesetzes
ICH TITUS
bin der auswurf in den herrschaftlichen
spucknäpfen der stadt zu füssen
den tribunen der tribut des TITUS
wer gibt die hand hier mir wem
noch geb ich sie die linke vom
herzen kommt sie nicht ein herz
trag ich seit langem in der brust
nicht mehr deren panzer meinen
söhnen jetzt der zinksarg ist
dieser brustkorb der sie wie
infarkte sammelt ausgedrückt
vom feind auf meinem herzen wie
kippen gelöscht im aschenbecher
meiner zunge die so verstümmelt
nur mehr von stümmeln sprechen
mag das heldenlied des HELDEN
TITUS der aus all seinen durch
schüssen zwischen den einst so
stolzen rippenzeilen pfeift wo
nun der leichenspeichel klebt &

mit den toten spricht
HEIL TITUS der die goten in die
klammer zwang mit den wie bögen
straff gespannten körpern seiner
söhne HEIL TITUS klammeraffe
an den ästen die du dir selbst vom
stammbaum schnittst in welchen die
blutbesoffnen augurenschnäbel liebes
herzen schlugen ihr altes alphabet
der rache das mir tor wie hieroglyphen
schien auf meiner abgezognen rinden
haut die heut den herrn als lösch
blatt dient den ausschweifungen
ihrer fehlerhaften handschrift denn es
schreibt sich schlecht recht mit
anderer adern aaligem rinnsal das
ICH TITUS
bald schlucken muss als
attraktion dem maximus seht
den dichter der seine welken
worte frisst vom lorbeerkranz den
er als schutzschild dem dreispitz
entgegenhält eures gladiators in
dessen maschennetz die syntax
meiner gebärden längst verstrickt
zappelt wie ein erheiterndes bei
Zeus nicht triumphales mitbringsel
aus den bleiwüsten des gegners den
ich doch selbst in seine sprach
grenzen verwies in denen ich
frei meine gedankenstriche zog auf
seinem feigenblatt die un

schuldsworte überschrieb mit
schuld ihm dessen söhne jetzt
den stift des zensors von der
anderen seite spitzen & mir nun
statt nur das heft aus der
hand die hand & das heft
darin dazu nehmen dass
ich mich wiederfinde als
aussatz in meinem
satzspiegel & mir am spiess
mein fremder körper
in die augen sticht den sie
mit runen überbrannten bis
ich ihn lesen konnt ich
TITUS DER TITAN
dem sie jetzt die
ruten geben & das beil
dazu dass ich mit solchen
rechten in der hand mir
mir selbst die rechte ab
spreche auf einen schlag
mir selbst der richtblock &
der richter bin der alten hack
ordnung aus der er hack
fleisch macht mich übt
in selbstjustiz

Titus wartet bis Lavinia sich in ihren monotonen irrläufen ihm annähert, plaziert seine rechte hand unter die auf ihn zulaufenden kufen des rollstuhls bis dieser sie von seinem körper amputiert & mit der blutspur seiner räder Titus' namenszug auf dem weiss der bühne wie ein fanal mar-

kiert. der vorgang hat an sich nichts einzigartiges, wirkt vielmehr wie eine anatomisch unerklärliche routine, so dass der eindruck sich aufdrängt, titus' hand wachse nach gleich den schlangenköpfen der Medusa. doch der derart geschlagene Titus trotzt der vermeintlichen niederlage, überwindet sein opfer in der pose eines richters.

auch ihr werdet sie selbst
noch üben die justiz des TOT
GESAGTEN TITUS der
sein schicksal aus den
eignen gab in fremde
hände den handlangern
meines untergangs der
auch eurer ist solang
noch eine hand die
andre wäscht in blut

Titus & Lavinia beenden ihr spiel, sie findet ihn, er lässt sich in den rollstuhl sinken & sich von der bühne schieben. absolute helle.

BILD VII / EBENE 1

TITUS welch ein narr war ich & bin es
noch zu glauben dass worte
wärn der waffen beste & der
beste ich sie in den kampf zu
führn sie führn zu nichts dem
der sie für seine hält der da
denkt auf wen er zielt den
treffen sie sie treffen nur ihn selbst
denn jedes wort schlägt vor &
schlägt zurück mit zeit wenn
du den feind schon längst
begraben wähnst stehn wie
armeen die sätze auf & du bist
selbst des schlachtzugs
ziel zu dem sie ziehn &
kehrn doch nur zurück der
feind er kennt dich besser
noch als du dich kennst er
kommt aus dir & zahlt dirs
heim dass du verraten hast
der worte sinn du schmiedst
sie aneinander wie legionen
die in eisen stehen ein buch
war dir ein schild jeder
konnte sehn wer hier in
diesem panzer geht doch lieber
hätt ich heute ich wär wie
jenes pferd zu troja eine

lüge nur die schmeichelt &
doch kalt im bauch die
wahrheit trägt welche aus den
worten sticht wenn sie im
herz des feindes stehn wie
wünscht ich all mein ge
schwätz das ich dem kaiser
als geschenk vor den palast
gestellt verwünschte sich zu
solchen gäulen
er hätt den stall des augias
hier in seinen hallen & kein
herkules zum glück ihn
auszumisten
als wahrheit hab tituliert ich
ihn den herrn die wahrheit
hat verraten mich &
nun verrat ich sie & bin doch
wahrhaft jetzt wie nie
zuvor & wehrhaft wie noch
nie & hilflos auch & stumm
trotz alledem ich spreche &
spreche zu mir selbst &
hör mich kaum
sinds nur gedanken etwa die mir
durch alle sinne ziehn ist mein
verstand ein haufen voller
narren die mir im kopf auf
händen gehn & in meinem ohr
die flöte spieln mit ihren
hinterteilen seht darum
ekelts mich

wenn ich den mund mich
öffnen seh & schatten riech
mit meinen augen kein wort
entkommt mir noch das nicht
die blindheit kennt mit der es
sich die welt ergeht wenns ihm
ergeht wie mir die welt ich
hab sie nicht gesehn ich sah sie
nur in ihm der sie mir vor die
füsse warf mach deinen weg
ich hab ihn wohl verloren & sie
die welt dazu ach
lieber hatt ich ihn als alle
welt & hatt ihn nie & keine
welt & hätt ihn gern jetzt von der
welt viel lieber noch als sie ich
will dass er an mir zugrunde
geht wie ich durch ihn zum
himmel stieg was ihn zum
herrschen dient soll ihn be
herrschen jetzt es ist billig nur
& recht zu nehmen mir was
ich ihm gab nachdem ers
nahm & andern gab & mich
mit nichts zurücklies als
mit spott & einem namen der
nun niemand hiess & doch ein
jedermann bekannt wie nie
mand anders es war es sei denn
er selbst denn einem
niemand also mir
wurd unrecht getan als er ihn hier

verstiess niemand hats be
merkt doch jeder merkte auf ob
ihm ob seines namens schicksal
gleiches droht wenns er bei
solchem auch benennt so ward
ich beispiel jedem für das
spiel das man mit meinem & in
seinem namen trieb mit mir aus
einem Titus dem titan wurd Titus
das tatar ein klumpen fleisch aus
dem man hackfleisch macht im
maul des wolfs der zu den
schafen spricht als führer ihres
glücks das gern gefrässig ist wenn
es die haut des andern trifft &
plötzlich traf es mich
glaubt es oder glaubt es nicht
ich war dem herrn ein andrer
nun von einem tag zum andren
über nacht & war dabei doch ich
es der in tag & nacht die welt ihm
schied bis er entschied die nacht
sei mein & nicht der tag kein tag
mehr wollt er mich an seiner
seite sehn jetzt steh ich wie ein
schatten neben ihm ein schatten
meiner selbst aber
ihr werdets kaum vermuten
auch dort im schatten lässts sich
sein ein fürst der
intrigiert solang bis er ans licht
kommt wieder & mit ihm ein neuer

tag der meine schatten wirft von
mir auf ihn & passt nun auf
an jenem tag wird sich
die sonne drehn & in der
früh im westen stehn
so & nicht anders
wird er unter
gehn & niemals mehr die
welt verstehn denn nichts wird
bleiben wie es war & alles wie
es ist & ich
ich bleibe wer & wie ich bin da
ich schon nicht mehr sagen
kann ich seis & müsste glauben
gar ich war von dieser welt
ach welt welt ich
kann dies wort schon nicht mehr
hören
heut spürt keiner
mehr am hinterkopf die schärfe des
gedankens keiner denkt ans schwert
heut mehr der von verbannten dichtern
spricht es schickt sich nicht das ist der
klügsten gedanken heutiger schluss
man schickt nicht mehr nach ihnen
man schweigt sie tot
wer holt sich heut zum rat noch einen
kopf einen schnupfen holt man sich
seht wie die wahrheit ihm aus
seiner nase tropft womöglich
stinkt er noch nach frischer
luft weil als ihm das herz

100. Geburtstag

Bertolt Brecht

Der ›Klassiker der Vernunft‹

Jubiläumsausgabe

Ausgewählte Werke in sechs Bänden

Leinen in Kassette, 4000 Seiten, DM 98,-/ öS 715,-/ sFr. 89.-
ab 1. April 1998: DM 128,-/ öS 934,-/ sFr. 114.-

Der Suhrkamp Verlag ehrt seinen großen Autor: Anläßlich des 100. Geburtstages von Bertolt Brecht am 10. Februar erscheint eine Jubiläumsausgabe ausgewählter Werke zu einem besonders günstigen Preis. Stücke, Lyrik-Sammlungen, Gedichte, seine Prosa sowie die wichtigsten Schriften zu Theater, Philosophie und Zeitgeschehen finden sich in diesen sechs Bänden versammelt.

Sämtliche Texte folgen der *Großen kommentierten Berliner und Frankfurter Ausgabe* der *Werke* und sind mit Anmerkungen versehen.

Band 1-2: Stücke
Band 3-4: Gedichte
Band 5: Prosa
Band 6: Schriften

Suhrkamp

Rechtzeitig zum 100. Geburtstag kann der Suhrkamp Verlag auch den Abschluß der Großen kommentierten Berliner und Frankfurter Ausgabe der Werke Bertolt Brechts in 30 Bänden bekanntgeben:
»Eine Ausgabe, die zu den großen editorischen Unternehmungen unseres Jahrhunderts gerechnet werden darf.« Neue Zürcher Zeitung

Werke

Große kommentierte Berliner und Frankfurter Ausgabe 1-30 (in 33 Bänden)
Herausgegeben von Werner Hecht, Jan Knopf, Werner Mittenzwei, Klaus-Detlef Müller.
Gesamtpreis bis 31. März 1998: Ln., ca. DM 2.018,-/ öS 14.731,-/ sFr. 1797.-
ab 1. April 1998:
ca. DM 2.499,-/ öS 18.242,-/ sFr. 2.224.-

Den Preis der Lederausgabe teilen wir Ihnen gern auf Anfrage mit.
Die Bände sind auch einzeln erhältlich.

Werner Hecht
Brecht Chronik
1898-1956

Mit zahlreichen Abbildungen.
1315 Seiten. Leinen im Schuber.
DM 98,-/ öS 715,-/ sFr. 89.-
ab 1. April 1998:
DM 148,-/ öS 1.080,-/ sFr. 132.-

Vom 10. Februar 1898, 4.30 Uhr, bis zum 14. August 1956, 23.45 Uhr, wird das Leben Brechts nachgezeichnet.

Bertolt Brecht
100 Gedichte

Ausgewählt von Siegfried Unseld.
st 2800. 188 Seiten
DM 12,80/ öS 93,-/ sFr. 12.50

Siegfried Unselds Auswahl der hundert wichtigsten Gedichte ist subjektiv, ist die des Verlegers und Kenners des Brechtschen Werks seit vielen Jahrzehnten.

Dies ist nur eine kleine Auswahl der lieferbaren Bücher und Neuerscheinungen von Bertolt Brecht. Unsere Brecht-Zeitung informiert Sie über das vollständige Programm: Suhrkamp Verlag, Pstf. 101945, 60019 Frankfurt am Main. (90205)

zu boden fiel die weisheit hoch zu
kopfe stieg & weisheit lässt bei
dichtern sich doch nur ertragen
wenns der toten blässe ist
so schweigt wer weise ist die
weisheit lieber tot das hält sie
lebendig wenn auch eben nicht
in aller mund die zunge verbrennt
man sich so jedenfalls nicht
das mag ein jeder tun der mich
zitiert & sich verspricht
an meinem namen so wärs ein
flächenbrand der mir gefällt so
fiel es leicht zu sterben ohne
worte denn ohne wort steh ich
alleine hier mit ihnen
seid gegrüsst & schaut wie einem
sklaven mir ins maul & prüft was
man zu zahlen hat für mich denn
an meine zunge legte hand wer
meine worte nicht verstand &
mit ihr auch ist mir mein herz ver
bannt das auf ihr lag wie eine
hand auf einer andren ruhen
mag wenn sie ein herz verband
so bin ich heute ohne herz das mir
die zunge rührt & ohne
wort das für mein herz noch
rührn sie könnt ich hab kein'
kopf & keinen gedanken mehr
kein herz & keine zunge mehr
kein wort nur ein stimme noch

die ich nicht hörn nur sehen
kann in deinen augen
warum warum weil ich ver
riet was niemand zu erraten
war weil ich verbat was nie
mand sich erbeten mochte weil
ich ein wagnis wünschte das
niemand sich zu wünschen
wagt gar es erwägt weil ich
den einen für den besten
hielt & doch in wahrheit
mich weil ich die macht um
jeden preis in seinen händen
sah & war dann selbst der
preis in seinen händen weil
niemanden um ihn ich sehen
mochte ausser mir & ausser
mir jetzt jeder ihn sehen kann
wer mag weil hier der leere
fleck mein herz zu nah dem
seinen schlug & es nun mit
ihm schlägt wie andre tausend
herzen auch nur keins in mir
weil ich ihm meine sprache
gab dass er aus meinem munde
sprach & sprachlos bin nun
ich weil keiner mehr das wort
das er mir stahl in seinen
mund noch nimmt als meins
ich
lieh ihm meine zunge

seitdem
spricht er mit zwein

Lavinia mein du gabst die
deine mir dafür so sprech
ich jetzt für dich wie du mit
deinem körper warbst für
mich dass jeder vers den
ich gebar aus deinem
fleisch & blute war dass
jeder satz den ich in meinen
rhythmus zwang in deinen
leichten schritten ging &
wer mich las der las dir von
den lippen mit den seinen &
las dich auf & las auf dir &
nahm dich mit & nahm dich
so beim wort du warst der
körper meiner sprache & un
aussprechlich
schöner noch als sie &
klar wie kaum ein wort es denn
je war mit jeder zeile wollt
ich deinen leib umfangen wort
für wort & satz für satz auf
deiner haut wollt ich
mich drehn bis verpuppt
erneut der schönste
aller körper in einem kokon
aus meinen versen steht &
steht dort sichtbar nur
für mich der ich

zwischen den zeilen dich
seh hinter jedem wort das herz
dir pochen hör ich wollt &
lacht mich aus
der faden ariadnes sein
der dich umgarnt &
vor dem stierhaupt
schützt den hörnern seiner
ungestillten gier nach leben
nach einer unschuld die den
worten fehlt ich wollt dich
retten glaub mir doch
an dem faden meiner worte
fand das horn sein ziel & ich
daran die schuld in meinen
händen denn der
minotaurus war ich selbst

ich bin ein
palimpsest aus fleisch & blut
eine stinkende buchstabenleiche die
sich immer wieder neu ins leben
schreibt aufs neue wieder dran
zu scheitern mein körper ist die
fehlerquelle meines schreibens die
sich nie erschöpft ein mann bin
ich aus worten die den schöpfer
selbst entmannten mich
ein pergament bin ich durch das
die faule wahrheit schimmert
die verschimmelt mir am herzen
west & sich durch meine poren

frisst wie eiter durch die haut
ich bin das tintenfass in das man
seine schwerter taucht wenn
man geschichte schreibt mit
meinem blut ist jeder satz ein
hieb & mischt sich gut mit
andrem blut doch wenn so
blutig ich hier vor euch rede
wunderts euch denn was ihr
seht ist nur ein alter mann in
einem alten kleid der seine
schuld abträgt & sich die
wunden leckt der noch zwei
hände hat & doch von einer
spricht der noch zwei augen
hat & blind sich gibt der auch
zwei füsse hat ihr könnt es sehn
& doch auf flinken fersen sagt
er könnt nicht stehn & sich sein
herz mal aus der brust reisst
dann verloren hat & es laut
schlagen hört wenn er behauptet
nein ein herz das hab ich nicht
wo doch alles was ihr an ihm
seht euch menschlich ist &
zählbar auch nach menschenart
es sei man nähme ihn beim wort
dann wär er bald ein zwerg &
bald ein riese der auf händen
geht & auch ein mensch aus
händen bald ein grosses herz
das sich das herz ausweint ein

aug das aus den augen sich
verliert ein sinn der ihm ent
weicht wenn er bei sinnen ist
was hat es auf sich mit dem
mann der vor euch spricht &
drüber nachdenkt ob er spricht &
obs euch gibt & nicht nur ihn &
wenn nicht ihn wen gibt es
dann ists dann ein echo nur das
wir hier hörn ein schatten nur der
stehenblieb ist denn die welt in
euren köpfen nicht die welt in
meinem kopf ist denn mein kopf
hier nicht die welt & ist die welt
nicht längst ein kopf der keine
schulter hat & hatte sie & rollt
ins nichts mit nichts als diesen
worten noch & einem sonnenstrahl
der nur das blitzen jenes messers
ist das ihn nun kreisen lässt um
nichts mehr als sich selbst um
endlich nichts mehr als sich selbst
bis es sich ausgerollt hat & was
dann was dann das frag ich euch
denn jedes ende ist zugleich ein
anfang & ein anfang schon das
ende & mit dem ende wollen wir
beginnen mit TITUS DEM TATAR
obs euch nun mundet oder nicht
ich find daran geschmack &
lass wie die die ich verriet
euch hier betreten stehn

vor meinem elend das jetzt
auch das eure ist & ihres bleibt
denn kein hass kein neid noch
rache nicht nagt noch an ihrem
herzen wenn sie sehen wie Titus
fiel wie er den wurm jetzt hat wie
alles was er schrieb ihm plötzlich
zugeschrieben wird wie er ein
beispiel gibt das beispiellos
doch ist
wie jeder sieht das ist der preis
der macht & was sie macht aus
einem der seine kunst wie klumpen
fleisch zu markte trug & ausbot
sich das höchste & heute
bietet keiner mehr für ihn
ein buch es lässt sich ver
brennen & schnell vergessen ists
doch wenn ein dichter brennt brennt
einem leicht das herz aus angst die
funken könnten überschlagen von
den spitzen seines haars aufs eigne
haupt das ordentlich den scheitel
trägt seht mich die fackel die an
allen enden brennt & euch nun in
die arme fällt damit ihr weitertragt
den flächenbrand bis der olymp in
flammen steht & alles was auf
erden & im himmel lebt vergeht
was schaut ihr mich so spöttisch an
ihr seht das feuer nicht ich weiss
doch kommt ich lad euch ein

mich zu berühren
kommt tanzt mit mir wir wollen
uns auf den fersen des gedankens
drehn & uns an seine schärfe dann
verlieren bis dass
ein jeder einen andren kopf
auf seinem rumpfe trägt &
alles neu beginnt
beim nächsten ringelreihn der bettler
dann den könig gibt & wer ein
könig war dem wellt sich plötzlich
frauenhaar auf seiner brust
die jetzt sein rücken ist &
seinen hintern ziert denn
alles ist verkehrt
& mehr als einmal nur verdreht
sonst wärs ein leichtes spiel &
nur der halbe spass gebt acht
der könig der all so entstellt
wie ichs beschrieb hier tanzen
muss wird nun ein opfer
dieses spiels denn dank jenem
blonden kopf der jetzt verkehrt
auf seinen schultern sitzt & seine
brust nun schmückt mit langem
haar wird er des stallknechts
geiles ziels der sie von vorn &
ihn dabei von hinten nimmt
der knecht den herrn welch
eine schmach doch nein allein
dies reicht mir nicht wie
schmählich erst muss es denn sein

dies anzusehn wie plötzlich man
kontakt zum volke pflegt
wenn man dies sieht
mit seinen augen seinem
kopf der sich jetzt plötzlich auf
dem nacken eines krüppels
dreht & drehend hin zu seinem
alten körper sich bewegt dem
spiel der beiden beizuwohnen
ach was gäb ich nicht dafür
dies alles bald in wirklichkeit
zu sehn doch nur mein wahn der
tanzt mit mir & schenkt mir dieses
kurze glück die rache selbst zu
sein & lachend noch dazu auch
wenn es lächerlich euch scheinen
mag & kindisch & ganz ohne blut
das eine gute rache ziert nicht
würdig ists das schwert auf diese
art zu ziehen doch
wartet gebt mir etwas zeit
ihr werdets nicht bereuen
denn meiner rache phantasie
ist reicher als der tod &
süsser hoff ich noch als er
schmeckt euch mein fleisch das
ihr mit euren klugen händen
fein tranchiert wie ich euch seh
wenn ihr
die messer sorgsam auf die
haut mir setzt die staben einzeln
aus der leiche löst wie einem

fisch die backen aus dem kopf
denn stumm wie er zergeh ich
zärtlich auf der zunge euch
das ist die poesie die ihnen
schmeckt denn ich habe
meinen körper mit worten
paniert mit saftigen worten
euch eine saftige kruste garniert
durch die ihr euch jetzt beissen dürft
bis ihr die zähne ins fleisch mir schlagen
könnt das köstlich duftet wie das
das becken einer frau & wenn ihr
lasst es euch nur langsam auf der
zunge zergehn wenn ihr
wie meine worte einst jetzt mich
im munde führt werd ich in euren
schlünden ganz wie sie verwesen
so kommt die rache in die rachen
dann zurück dass ihr bei diesem hoch
genuss zu meinem hochgenuss erstickt
doch vorher noch das herz euch
aus der kehle würgt & panisch die
feder in die rachen schiebt mich
wie die worte zu verlieren dass
diese feder die mich einst ins elend
schrieb euch aus dem elend
helfe & ihr mich speien könnt
wie ihr mich ausgespien doch
hilfts euch nichts denn diesmal
führt als tinte diese feder gift

hätt ich doch nie das wort
ergriffen wie gern hätt

verstohlen ich mich
eingeschlichen nur in das
was andre sagten hier vor mir &
sagen werden auch nach mir
wie gern wär ich umgarnt
von solcher rede allen redens
ledig enthoben des anfangs
wie sehr hätt während allen
sprechens ich gewünscht
die stimme ohne namen
die immer schon voraus mir
war & nun schweigen wird
ich wär zufrieden gewesen
glaubt es mir an ihre worte
die meinen anzuschliessen nur
sie fortzusetzen & in ihren fugen
unbemerkt mich einzunisten
gleichsam als hätt sie mir ein
zeichen gegeben indem sie
innehielt für einen augenblick
kein anfangen gäbe es so &
nie die qual der anfang allen
sprechens zu sein & seines
ersten worts das niemand glaubt
hätt ich doch nie zu sprechen
begonnen wär ich doch nur
ein zufall der worte die fielen
eine winzige lücke zwischen
ihnen & vielleicht schaut auf
meine hände ihr ende

Moors Moral

Personen: Franz (Schauspieler)

FRANZ *in seiner garderobe sich abschminkend & in den spiegel sprechend. er beeilt sich, da er das theater so schnell als möglich verlassen möchte. über die lautsprecheranlage ist die geräuschkulisse der letzten szene auf der bühne zu hören.*

was hast du hier eigentlich noch
verloren kannst du mir das
verdolmetschen während dir
die schminke mit dem schweiss
aus dem gesicht läuft & der
strick dir noch um den hals
hängt wie die einzige erbärmliche
hoffnung die dir jeden abend
bleibt wenn du dich erdrosselst &
den lemuren
im parkett die zunge zeigst von
einem der verreckt weil ihm
danach zumute ist & er es satt
hat dieses verlogene spiel von
räuber & gendarm sollen sie
doch einem andren die mores
lehren diese falsche bande die
sich edel dünkt hilfreich & gut
wenn sie in frischen unterhosen
die reine kunst goutieren & ihre
dreckige wäsche weichspülen
in deinem hintern den du hinhalten
musst damit sie mit gestärkter
brust & weisser weste ihre

schmutzigen geschäfte weiter
treiben können come on schau
sie dir doch an wie sie sich ihr
gewissen nach der neuesten
façon anmessen lassen um
es hübsch weiter aufzuschnallen
wenn sie zulegen & dir mit
fettem grinsen & dickem portemonnaie
die hand drücken & gratulieren
für die sparsamkeit deiner gesten &
davon sprechen wie sehr sie dieser
abend doch bereichert hat &
welcher gewinn ein schauspieler
wie du es bist doch ist für diese
stadt ja sie können sich einen
narren wie dich leisten &
begegnen dir mit respekt wenn
sie dich abschreiben die
rechnung freundlich übernehmen &
dein bier von der steuer absetzen
von ihnen kannst du lernen was
werk-treue ist was bist du denn
für ein erbärmlicher stümper gegen
sie völlig überflüssig bist du mein
freund ein luxus den man sich
gerne leistet & nicht bezahlen muss
das macht der kleine mann auf
der strasse der sichs kaum leisten
kann & für den du doch behauptest
zu spielen den du aufklären &
unterhalten magst in deinen
moralischen anstalten ein publikum

zu erfinden das es nicht gibt
es gibt es nicht schlag dir das
endlich aus dem kopf doch
du trottel willst ihnen
tief in die augen blicken
hinab in den abgrund
ihrer doppelten herzen &
endlich so verdammt nah
als irgend möglich an ihrem leben sein
aber sie sie sehn fern & du schaust
in die röhre
sei doch ehrlich wenn du vor
der vorstellung in deiner bude auf
der couch liegst & dich ins real
life zappst kommt es dir da nicht
lächerlich vor vier stunden lang
das tier zu spielen während dort
noch bevor du deine erste kippe
ausgedrückt hast alle probleme
der menschheit im schnelldurchlauf
verhandelt & unter tränen gelöst
sind & da hilft es nichts
die hände vor die augen zu halten
sie haben alle glaubs mir wie
auch du eine richtig gute zeit
dabei & du die
schlechte
weil du danach auf die bühne musst &
merkst dass deine perversion nicht
mal mehr was besonderes ist du
keine windeln trägst beim sex &
keiner dich in seine talkshow holen

würde es sein denn als quotenschiller
aber abschalten können sie woanders
schneller z. b. im theater was du da
treibst mein freund ist wahrlich kein
thriller ich glaub harry wir können
hier nichts mehr machen ja stefan
ich fahr den wagen vor verstehst du
du bist in die tage gekommen da hilft
kein lamentieren schwimme wer
schwimmen kann & wer zu plump
ist geht unter du solltest das
aquarium wechseln merkst du
denn nicht dass du längst nur
noch ne stumme rolle spielst &
sie dich hinter einer glasscheibe
halten & zusehen wie deine
worte wie luftbläschen auf der
oberfläche ihrer freundlichen
fressen zerplatzen sie fürchten
nichts & dich am wenigsten
mach dir das klar & nicht mal
zwei wie du könnten für einen
moment den bau einer sittlichen
welt errichten es ist ganz einfach
sie vernichten dich
mit einem lächeln schon ein
gutgemeinter händedruck genügt &
alles war umsonst & nicht der
rede wert & nicht einmal mehr
auf die lehrer kannst du dich
wie einst verlassen kein ernst
wagner oder ein andrer verrückter

schwabe der heute noch
eine stadt mordbrennt
weil du ihm ein leuchtend vorbild
bist was braucht denn heute ein
natural born killer noch schiller
wenn er amok läuft vergiss es
du hast als täter kein profil mehr
du bist eben nicht aus dem
ofen geschossen worden aus
dem sie geschossen sind &
bist erst recht nicht aus dem
schrott das sie aus ihren
pumpguns knallen wenn in zehn
sekunden mehr blut fliesst als
in allen shakespearedramen
zusammen aber beruhig dich
das kannst du sicher auch
bald auf dem theater sehn
bald läuft auch hier dieser
film ab & selbst die
schauspieler sind aus
fleisch & blut das ist ein
vorteil man muss nicht einmal
extra das kino verlassen um
menschen zu sehn denn hier
drin gibt es ja menschen genug
mit denen man an einem
stück geschichte schreiben
kann du musst nur auf die strasse
gehn warte ein paar stunden
wenn es überhaupt so lange
dauert & du lernst wie man das

heute spielen muss & danach
danach setzt du dich entspannt
in den fahrstuhl der deutschen
bank & schwebst unschuldig
wie ein engel über den wolken
gegenüber diesen extremen bist
du doch nur noch mittelmass &
du weisst doch in gefahr &
höchster not ist der mittelweg
der tod & die leiche im keller die
man seiner frau zeigt als
beweis lebendiger kunst
noch gestern dachtest du ich
bin der held sie lieben mich
sie sind wie ich der mensch ist
ein franz moor
was für ein naiver sentimentaler
gedanke wer alles um sich herum
ausrotten will geht wie ichs dir
sagte ins kino um zu lernen wie
mans macht wie wirkungslos du
doch bist wenn alle verkommener
sind als du & du die wilde
bestie einst heut schon fast wie
ein guter mensch erscheinst der
mit seiner liebenswürdigkeit
gewalt ertrotzen will sag mir
doch wie steht es denn um
deinen natürlichen stolz
verträgt sich denn das geschäft
mit dem du den besten teil deiner
geisteskraft hingibst mit der

würde deines geists weisst du
denn wer & für wen du bist
warum leidest du denn unter
fremdem urteil wird ihnen denn
sauer von deiner arbeit oder
bists nur du es der sauer &
abgestanden ist weil seine
abschreckungskraft gegen
null tendiert & du dabei zu
einer solchen auch mutierst
es ist ein verbrechen
gegen dich selbst ein mord
deiner talente
nur für den bist du noch gut
wenn das nämliche mass von
fähigkeit welches dem höchsten
interesse der menschheit würde
gewuchert haben an einen
minder wichtigen gegenstand
undankbar verschwendet wird
was für eine kraftverschwendung
was ist denn der gegenstand
deines interesses etwa
physisches leben dadurch
dass du es auf der bühne
vernichtest im leben zu erhalten
wen willst du denn treffen damit
den kleinen angestellten der
um seinen job zittert & mal
für ein paar stunden nur
mit seinem chef der ihn
am kragen hält angstfrei in ein &

demselben raum sitzen will &
sich des feierlichen abends freuen
oder glaubst du sein vorgesetzter
verlässt das theater gar mit
vorsätzen statt umsätzen
im kopf wie bekommst du denn
all diese leute & ihre ängste
auf einen nenner ohne mit brüchen
rechnen zu müssen na ja ihr könnt ja
zusammen limonade trinken sind
wir nicht alle ein bisschen bluna
oder wie wärs denn das ganze
als musical zu spielen mit rosen
beim applaus im knopfloch
singende räuber wenn das kein
hit wäre ja so mein freund so
spielt die musik auf dem theater
oder wie wärs mit einem national
singspiel wider die ausländischen
horden die kommen uns den
kohl aus der suppe wegzufressen
die er uns eingebrockt hat aber
das sollen andere verbocken mir
schwillt da nur die wut im kopf &
aber was regst du dich eigentlich
auf wo sind denn die feinde gegen
die sich kämpfen liesse bruder
gegen bruder sei doch ehrlich
dein verzeichnis von bösewichtern
wird mit jedem tag den du älter
wirst kürzer & dein register von
toren vollzähliger & länger aber

sind diese nicht die grössten
bösewichter & bist nicht du wie
sie & läuft nicht ihnen wie dir
die schminke aus dem gesicht
wenn ihr euch in die augen
schaut & mit einem lächeln &
verhärtetem herzen einander
spottet & verachtet hängt ihr
nicht beide du & dein wertes
publikum an den ketten
des vorurteils & der meinung
gefangen & arbeitet eurer
glückseligkeit aufs
glücklichste entgegen

der vorhang ist gefallen. schallender applaus dringt über den lautsprecher in die garderobe.

aber was solls vielleicht
sind wir ja schon soweit dass wir
uns den kleinsten gewinn an
wahrheit mit dem aufwand eines
ganzen lebens erkaufen müssen
doch mir wärs recht so wär
ich wenigstens ein lebenlang
engagiert denn wer

der beifall wird immer stärker & franz auf die bühne gerufen.

sah nicht ohne beben zu wen
durchdrang nicht lebendige glut

zur tugend brennender hass des
lasters als aufgeschreckt aus
träumen der ewigkeit von den
schrecknissen des nahen gerichts
umgeben franz von moor aus dem
schlummer sprang als er die
donner des erwachten gewissens
zu übertäuben gott aus der
schöpfung leugnete & seine
gepresste brust zum letzten
gebete vertrocknet in frechen
flüchen sich luft machte ja ja
meine brust gibt sich jetzt nur
einer empfindung hin: ein
mensch zu sein auf den
verstärkt & auch verschönert
hundert augen fallen ein
mensch zu sein
ich muss raus zum
applaus

man hört über die lautsprecher rhythmisches klatschen & begeisterte franz-chöre. die garderobe ist leer, der jubel nimmt kein ende.

INHALTSVERZEICHNIS